바람이 위로하고
달빛이 치유하는

나의
제주
돌집

브렌다 백 선우

KB017102

바람이 위로하고
달빛이 치유하는

나의
제주
돌집

브렌다 백 선우

서울셀렉션

혹시 여러분은 어느 섬으로 훌쩍 떠나 삶을 새롭게 시작해 보면 어떨까 하는 상상을 해본 적이 있는가? 브렌다와 잰 부부는 실제로 미국 남부 캘리포니아를 떠나 한국 남단의 섬 제주로 이주하여 이러한 상상을 몸소 실천에 옮겼다. 하지만 현실의 삶은 꿈에 그리던 지상낙원과는 거리가 있다. 게다가 제주의 암울한 역사는 브렌다가 겪었던 것과 비슷한 상실감을 안고 있다. 이 책은 따뜻한 만남, 자기성찰과 영적 깨달음의 순간, 그리고 제주의 전통가옥인 돌집을 개조하는 과정에서 브렌다가 겪었던 당황스러우면서도 재미난 에피소드들로 가득한 사랑스러운 책이다. 〈나의 프로방스〉나 〈여인의 대지〉를 좋아하는 사람이라면 필독하기를 권한다.

_리사 시. 〈벌새길의 찻잎 소녀〉, 〈설화와 비밀의 부채〉를 쓴 뉴욕타임스 베스트셀러 작가. 최근 제주도를 배경으로 한 신작 소설 〈해녀의 섬〉을 발표.

재미교포인 저자가 제주도의 역사와 문화, 생활방식을 스케치하며 제주도에 정착하여 위안을 찾아가는 개인적인 경험담을 친근하게 엮어낸 책이다. 요즘 제주도와 관련된 책들이 봇물을 이루고 있지만 이방인의 관점에서 제주도의 매력을 온전하게 담아 낸 책은 많지 않다. 이 책은 브렌다 백 선우가 〈물때〉에 이어 제주도에 대해서 쓴 두 번째 책이다. 제주도민의 한 사람으로서 제주를 향한 그녀의 애정에 찬사를 보낸다.

_**강영필**, 한국국제교류재단 기획협력이사

고맙게도 우리는 더러 영혼을 고양시키는 동시에 차분하게 진정시켜 주기도 하는 책을 만나게 된다. 이런 책을 읽고 나면 스스로가 좀 더 나은 사람이 된 듯한 뿌듯함이 든다. 브렌다 백 선우의 최신작 〈나의 제주 돌집〉은 '치유의 달빛, 즉흥의 삶(Improvising Life Under a Healing Moon)'이라는 영어 부제에 딱 들어맞는 책이다. 삶에서 마주치는 순간순간이 다 우리에겐 처음이며, 우리 삶의 행위들은 어떻게 보면 모두 즉흥적이다. 그러한 진리가 이 책을 읽는 독자들 앞에 미려하게 설파되며, 그 여운은 흡사 오래도록 잔향을 남기는 사찰의 종소리와도 같다. 나 같으면 여든의 할머니들이 바닷속 깊숙이 물질을 들어가는 땅에서 살 일이 결코 없을 테고, 일흔 줄에 들어서서 바다가 굽어보이는 화산 위에 모진 풍파를 맞는 집을 지을 일도 절대 없을 것이다. 하지만 이 책을 통해 그런 경험을 간접적으로나마 할 수 있음에 마음속 깊이 감사한다. 선우 씨의 이야기는 단순하고 솔직하면서도 깊이가 있다. 이 책은 조용한 장인의 작품이다. 내가 감동을 받은 만큼 여러분도 틀림없이 그럴 것이다.

_**노아 벤샤**. 〈우리는 모두 야곱의 자녀〉,
〈빵장수 야곱〉을 쓴 세계적인 베스트셀러 작가이자 철학자 브렌다 백 선우의 저서 〈나의 제주 돌집〉은 조상의 땅을 찾아 이주하는 과정을 담은 기록서다. 이 책은 시적이고 가슴 뭉클하며 재미있으면서도 통찰력과 영감이 넘친다. 생생한 컬러 사진이 실려 있어 아름답기도 하다.

브렌다는 한국의 전통적인 어촌 마을에 집을 짓고('우리 집의 구석구석엔 추억이 배어 있다'), 언어를 배우고('시장은 양방향 음성인식 사전이다'), 새 친구를 사귀어 나가는(브렌다가 '우리는 서로의 슬픔을 맛볼 수 있다'라고 쓴 것처럼 같은 상실을 경험한 사람들과 함께 음식을 먹으면서) 과정을 묘사해 나간다. 마침내 이들 부부가 삶의 방식을 터득하고 '바람이 불고 땅이 숨쉬는 대로 내버려두게' 될 때를 여러분은 축하하게 될 것이다.

_파올라 잔투르코, 〈세상을 바꾸는 놀라운 소녀들〉,
〈세계적인 현상, 할머니 파워〉의 저자

매력과 통찰력, 희망이 넘치는 책. 나라면 한국의 서남해 바다에 있는 섬의 어촌 마을에 전통적인 돌집을 짓겠다는 엄두를 도저히 못 낼 것 같다. 그래서 대신에 브렌다 백 선우의 현명하고도 서정적인 발자취를 따르려 한다. 이 책은 집짓기라는 모험담이 가미된 친근하면서도 흥미진진한 최고의 여행서다!

_샤먼 앱트 러셀, 2020년 출간 예정인 〈우리 손 안에: 더 나은 미래,
더 푸르른 미래를 위한 온 세상 아이들 먹이기(판테온북스)〉의 저자

브렌다 백 선우는 '집'의 정의를 재해석하게 만든다. 조상의 뿌리를 찾아가는 한국계 미국인의 이 잔잔하고 서정적인 이야기

는 집이란 우리 마음과 영혼 속에 있는 것임을 일깨워 준다. 백
선우는 21세기의 전형적인 과도기적 인간형으로, 경계를 넘나
들기를 주저하지 않는다. 그녀가 자기 삶을 엿보라고 우리를 초
대한다.

_케년 S. 찬, 워싱턴대학교 명예총장, 심리학자, <라이스> 매거진 전 편집자

지혜와 경이가 넘치는 특별한 책. 브렌다 백 선우는 작가이자
시각예술가로서의 재능을 십분 발휘하여 노년의 부부가 어떻게
모험을 감행하고 매 순간에 몰입하는지를 보여주는 태피스트리
를 짜나간다. 이 책은 제주도의 전통 어촌 마을에서 새로운 치
유의 삶을 일궈 나가는 백 선우의 가슴 아린 러브 스토리를 그
리고 있다. 해녀 할머니들에게서 영감을 받은 그녀는 '삶의 속
도를 늦추고 보름달의 기운을 담뿍 받아들일 시간'을 가지는 한
편으로 의연하게 나이 들어갈 계획을 구상하고 있다.

_주디스 밴 훈 박사, 전 한국 평화봉사단 단원이자 퍼시픽대학교 명예교수,
전 미국심리학회 평화심리분과장

50년의 동반자 잰에게

제주의 거센 바람과 맞닥뜨리면 나는 눈도 제대로 못 뜬다. 발바닥에 느껴지는 중력이 아니면 내가 아직 애월 해안 산책로에 그대로 발을 딛고 서 있는지조차 분간이 안 될 정도다. 초가을의 거친 파도는 짭짤한 바닷물을 발치에 뿌려 댄다. 우리 돌집에서 몇 분만 걸어나가면 제주에 많기로 유명한 바람과 화산석은 물론이고 해녀들과도 곧잘 마주치게 되는데, 이 여성 잠수부들은 물이 빠질 때를 맞춰 성게나 보말고둥, 전복을 따러 바다로 뛰어든다. 그들에게선 언제나 강인하면서도 낙천적인 기운이 풍긴다. 여든의 해녀들이 너끈히 물질을 해내는 걸 보면 이제 고작 칠십대에 접어드는 나로서는 우는 소리가 쏙 들어간다. 앞으로의 십 년은 새로운 시작의 기간이 되리라.

남편과 나는 2011년부터 해마다 미국과 제주도를 오갔다. 해외로 나간다 하면 으레 연례행사처럼 제주도를 찾았다. 처음엔 잠깐씩 머물렀지만 해가 갈수록 제주에 머무는 기간이 길어졌고, 그만큼 제주에 대한 우리의 애착도 깊어져 갔다. 1994년, 십대였던 둘째 아들 토미를 잃고 난 뒤 우리 부부는 마음을 가눌 길이 없어 이곳저곳으로 힐링 여행을 다녔다. 그러던 중 만난 곳이 제주였다.

제주도는 마음을 기댈 수 있는 아름다운 자연으로도 유명하지만 동시에 일제지배와 한국전쟁, 4·3민중항쟁이 벌어졌던 암울한 역사의 현장이기도 하다. 내 개인적인 상처를 거기에 견줄 수 있을지는 모르겠지만 제주도민들의 아픔과 한은 나 자신의 상실감과도 통하는 구석이 있다. 이 조그만 섬이 나는 세상 그 어느 곳보다 편안하다. 이 섬 역시 고통을 겪었으며 또 그 고통을 이겨 냈기 때문이다. 제주도는 내 마음속 풍경을 담고 있다.

2006년에 나는 〈미역국 한 그릇-슬픔의 바다에서 찾아낸 치유의 선물〉이라는 제목으로 슬픔과 치유에 대한 회고록을 쓴 적이 있다. 처방을 제시한다기보다는 스스로를 돌아보는 이야기였다. 치유의 여정은 사람마다 다를 수밖에 없으니까. 그 책의 에필로그에 나는 이런 글을 썼다. "아들이 떠난 지 십여 년이 흐른 지금, 이제 우리 부부의 상처가 치유되었는지 궁금한 사람이 있을지도 모르겠다. 살면서 삶의 희로애락을 있는 그대로 받아들이게 되는 것이 치유라면, 우리는 치유되었다고 말할 수 있을 것이다. 웃음과 기쁨이 분명 우리 삶에 되돌아 왔으므로." 물론 그렇다고 해서 과거를 돌아보며 눈물짓는 순간들이 없다는 건 아니다.

2019년에서 거꾸로 햇수를 헤아려 보니 참으로 놀랍다. 토미가 세상을 떠난 지 벌써 24년이나 지났다니! 아들 없이 지낸 세월이 아들과 함께 했던 세월보다 더 길어졌다는 사실이 서글프다. 아들의 부재가 일상이 되다 보니 이제는 아이의 모습을 회상하기보다는 상상해 볼 때가 더 많다. 그리고 그런 사실에 가끔은 죄책감이 든다. 예전만큼 가슴 저리게 애통하지는 않더라도 여전히 나는 우리에게 허락되지 않았던 시간들이, 함께 하지 못하는 특별한 날들이, 함께 맞지 못하는 미래가 서운하고 애석하다. 이런 느낌이 드는 건 인간으로서 당연한 일이리라. 그래서 나는 '비교는 기쁨의 적'이라는 말을 수시로 되새기며 스스로를 타이르곤 한다. 현실을 있는 그대로 받아들이자고.

추억을 되살려 주거나 깨달음을 주는 일들을 만나게 되면 마음에 위안이 된다. 제주에서 미역을 따는 해녀들을 볼 때면 나는 재미교포 김씨 부인 두 분이 생각난다. 한 분은 내가 첫아들을 낳았을 때, 다른 한 분은 내가 둘째 아들을 잃었을 때 미역국을 끓여 주셨다. 미역국을 먹을 때마다 나는 그분들의 따스한 배려와 연민의 정이 떠오른다. 한밤중에 담장에 어른거리는 나무 그림자가 세찬 바람에 꺾일 듯 휘어져 보여도 나는 '지금은 나무가 저렇게 흔들려도 내일이면 아무 일 없었다는 듯 말짱히 잘 서 있을 거야'라면서 스스로를 다독인다. 삶은 늘 그렇듯 다시 시작되고 흐릿했던 꿈들도 결국엔 또렷해진다.

2015년에 우리 부부는 스물다섯 평쯤 되는 아담한 집, 더 구체적으로 말해 친환경적이고 한국의 문화가 담긴 집을 지을 수 있는 집터를 찾아 나섰다. 그리하여 찾은 곳이 제주도 북서부 해안 애월읍에 있는 버려지고 낡은 돌집 한 채였다. 애초에 5개월로 예상했던 건축 기간은 장장 18개월로 늘어났다. 집을 지어 본 경험이 없었던 우리 부부는 말도 안 통하는 한국 땅에서 집을 지으며 호된 인생 경험을 했다.

그래도 이 어촌 마을에서 산 지 2년이 흐른 지금은 이곳에서 살기로 한 우리의 결정이 옳았음을 확신한다. 대자연의 섭리인 사계절은 죽음과 부패 뒤에 늘 새로운 탄생이 뒤따른다는 가르침을 준다. 우리가 집을 지을 때도 마찬가지로 파괴 뒤에는 새로운 시작이 있으며 이 노령화되어 가는 전통사회의 생활방식에 우리가 적응해 낼 수 있으리라 믿고 모험을 감행할 필요가 있었다. 그나마 해외에서 한 번 살아 본 경험이 있었기에 우리는 무슨 일이 일어나든 보다 열린 마음가짐으로 대처할 수 있었다.

우리는 하루하루 계획대로 살아가기보다는 뜻밖의 일들과 더 많이 맞닥뜨린다. 길을 가다가 동네 할머니를 마주치면 다짜고짜 "어디 가셔?" 하는 질문을 받게 된다. 또 어떤 할머니는 희끗희끗한 내 머리칼을 보고는 "할머니?" 하고 말끝을 올리며 나도 자기와 같은 할머니가 아니냐는 확인을 받으려 든다. 배달을 온 우체부는 인기척을 내면서 집안으로 뚜벅뚜벅 걸어 들어와서는 택배 상자를 우리 집 거실 바닥에 툭 하고 내려놓는다. 미국에서는 가택침입처럼 여겨질 수 있는 일이지만 우리는 개의치 않고 미소로 화답하며 고맙다는 인사를 건넨다. 시골 생활은 지나치리만치 친밀해서 궁금증을 명목으로 남의 사생활을 침해하는 일이 빈번하다. 나의 에세이가 이러한 면면들을 접하면서 내가 주변 지역과 역사, 사람들에 대해서 알게 된 사실들을 조금이나마 세상에 알릴 수 있는 기회가 되었으면 한다.

이 책의 구성은 제주에 대한 내 느낌의 변화에 따라 총 3부로 이루어져 있다. 제주를 처음 만났을 때 나는 하늘에서 낙하산을 타고 있는 듯한 느낌이었다가 그다음엔 땅으로 내려온 듯한 느낌이었다가 마지막으론 바닷속에 풍덩 빠져드는 것만 같은 느낌을 받았다. 이러한 감정상의 하강곡선을 나는 '제1부: 바람, 여자, 돌의 유혹'에서 내가 이 섬을 소개하게 된 배경을 설명하며 해석해 보고자 했다. '제2부: 집 짓기'에서는 우리가 제주에 집을 짓기로 한 결심을, '제3부: 마을에 물들다'에서는 우리 부부의 애월읍 정착기를 기술했다. 마지막으로는 글을 끝맺으며 내 외할아버지 임정구 목사의 가족사를 조명해보았다. 할아버지는 내가 세상에 태어나기 전 한국에 계실 때 남들이 가지 않았던 길을 택하셨던 분이다.

집을 짓는 동안 한 인부가 의아하다는 듯 물은 적이 있다. "왜 늘그막에 이국땅에 와서 새로 집을 짓는 수고를 하십니까?" 안 될 이유가 무엇인가? 제주도에 집을 짓는 것은 죽을 날이 가까워진 나이가 서럽기는 하나 그래도 낙천성과 희망을 잃지 않았음을 보여주는 하나의 선언과도 같다. 그것은 엄마의 자궁으로, 즉 안분지족의 땅으로 되돌아가는 일이다. 우리는 추석 기간 중 새집을 착공했다. 추석 때는 전국 각지에 흩어져 사는 가족들이 고향으로 돌아와 조상을 기리며 차례를 지내고, 가을에 추수한 농작물로 잔치를 벌이면서 함께 하는 시간을 즐긴다. 제주의 삶도 그렇다. 제주의 삶에는 한 템포 쉬어 가면서 휘영청 뜬 보름달의 기운을 온몸 가득히 받아들일 여유가 있다. 부디 우리 부부의 이런 즉흥적인 인생 이야기가 모두의 가슴에 서린 한을 달래고 푸는 데 도움이 되기를 바란다.

제1부

바람, 여자, 돌의 유혹

나는 바다가 햇빛만큼이나 사람들의 행복을 위한 필수 요소로 여겨지는 미국 남부 캘리포니아에서 자랐다. 심지어 내 생일인 2월 13일도 물병자리다. 이런 내가 만일 내륙 지방에서 산다면 아마 엘리베이터 안에 갇힌 듯 갑갑함을 느낄 것이다. 걷기와 수영은 내가 제일 좋아하는 활동이다. 하지만 섬에서 산다는 건 땅의 한 귀퉁이만 바다로 노출된 대륙의 끄트머리에 사는 것과는 차원이 다른 얘기다. 한반도 최남단 바다에 위치한 한국 최대의 섬 제주는 '불의 고리'로 불리는 환태평양 시진내에 인접해 있다. 이 일대에선 대규모 지진과 화산 분출이 일어나기도 하며 태풍도 수시로 몰려온다. 이런 지리적 위험에도 불구하고 나는 바람, 여자, 돌로 유명한 이 조그만 섬에 매료되고 말았다.

수차례 제주를 방문하면서 나는 다채로운 제주의 풍광이 주는 즐거움에 빠져들게 되었다. 한라산, 오름, 올레길, 그리고 전통적인 어촌과 항구들을 보노라면 이곳에서 살면 어떨까 하는 생각이 솔솔 피어올랐다.

그중에서도 가장 마음을 끌어당긴 것은 해녀* 할머니들의 존재였다. 제주 해녀들은 4세기 이전부터 물속에서 소라고둥, 조개류, 해초 등을 채취해 왔다고 한다. 현재 활동 중인 해녀는 4천 명쯤 되며, 그중 쉰이 넘은 사람이 98퍼센트 이상이고, 상당수 해녀들이 팔십대까지도 물질을 놓지 않는다. 감귤과 당근 따위의 환금 작물을 재배하기 전에는 해녀들이 벌어들이는 돈이 가계의 주수입원이었다.

해녀들은 웬만한 일에는 끄떡도 하지 않고 죽는 순간까지 의연하게 살아간다. 혹독한 화산지대에서도 꿋꿋이 살아 내는 그들의 생존력이 아니었다면 나는 이 섬을 지

---

* 오랜 캠페인 끝에 드디어 2016년 11월 30일, 제주해녀가 유네스코 인류무형문화유산으로 공식 등재되었다. 해녀들이 잠수장비 없이 바닷속에 들어가 해산물을 채취하는 '물질'과 바다를 관장하는 용왕신에게 안전과 풍어를 비는 '해녀굿', 배에서 노를 저으며 부르는 '해녀노래'가 문화유산으로서의 가치를 인정받은 것이다. 이 여성 잠수부들은 바다에서 먹을거리만 구해온 것이 아니다. 그들은 애국열사이기도 해서, 일제강점기(1910~1945년)에는 전국 최대의 여성 주도 항일투쟁을 벌이기도 했다.

금의 보금자리로 정하지 않았을 것이다. 제주도는 가능성의 섬이자 산과 농지, 바다, 해녀들이 모두 조화롭게 어울려 살아가는 곳이다. 이 모든 것들이 내 영감의 원천이 되고 있다.

애월, 물가의 달

제주도 지도를 볼 때마다 내가 어떻게 여기에 살게 되었는지 믿기지 않아 스스로 내 살을 꼬집어보곤 한다. 북서쪽으로는 중국과, 북동쪽으로는 러시아와 국경을 접하고 있는 한반도의 모습은 서쪽으로 몸을 향하고 있는 호랑이의 형상과 닮았다. 제주도는 그 아래 서남해에 외따로 떨어져서 마치 부활절 달걀처럼 바다 위에 동동 떠 있다. 우리 부부가 제주도 북서부 해안의 전통 어항촌인 애월의 쇠락한 돌집을 사들이기로 선택한 순간, 광대무변하던 나의 생활 반경은 아주 조그맣게 쪼그라들었다.

처음에 우리는 제주에 땅을 살 생각도, 집을 지을 생각도 없었다. 본래 계획은 바다가 보이는 널찍한 방 두 개짜리 아파트를 구하는 것이었다. 그런데 제주 출신 친구들이 우리 계획을 듣더니 말리고 들었다. "바다가 지천인데

떨어지는 해가

제주 바다 수평선 위로

후광처럼 빛나고 있다.

왜 굳이 바다 코앞에 가서 살려고 해요? 너무 바다 가까이 살면 차도 부식되고 강한 태풍에 창문도 노상 깨질 거예요. 습도가 높아 뼈마디도 쑤실 테고. 이왕이면 내륙에 들어와 사세요."

그들의 일리 있는 충고에 우리는 어떤 유형의 집이 적합할지, 우리가 어떤 종류의 사회·문화적 환경에서 살고 싶은 것인지 고심하게 되었다. 제주 곳곳에는 새 펜션이며 아파트, 카페, 사무실 건물, 식당들이 우후죽순처럼 들어서고 있었다.

영주권을 가진 외국인 투자자들은 산중턱의 땅을 사들여 교외 스타일의 집들을 무더기로 지어댔다. 건축 프로젝트들 대부분이 서구식으로 설계되어 토착 건축물들로 이루어진 제주도의 풍경을 바꿔 놓고 있었다. 가족을 위해 보다 나은 삶을 추구하는 육지 젊은층들은 서울을 떠나 제주 남부 서귀포에 지어진 신축 고층아파트로 이주해 왔다.

우리는 이런 급격한 발전을 우울한 눈길로 바라보았다. 그러다가 이처럼 도처에서 일어나는 건축 붐이 마음에 들지 않아 해안 마을에 있는 돌집을 찾기로 결심했다. 바다가 바로 보이는 곳이 아니라 걸어서 금방 닿는 거리의 집으로 말이다. 만약 우리가 집을 산다면 그곳은 문화보존에 기여할 수 있는 역사가 살아 숨 쉬는 동네여야만 했다. 대도시들과 캘리포니아 교외에서 살아본 적이 있는 우리는 더 소박하게 자연과 제주민들과 친밀하게 어우러져 살고 싶었다.

1980년대에 처음 제주도를 방문했을 때부터 나는 초록, 주황, 파랑의 물결무늬 지붕을 이고 있는 제주도 특유의 돌집에 한눈에 반해버렸다. 이 지붕들의 이음매는 케이크의 크림 장식처럼 맞물려 있고, 높은 곳에서 보면 지붕들이 마치 알록달록한 조각보를 펼쳐놓은 것처럼 보인다. 요즘은 전통가옥들이 점점 사라지면서 가격이 올라가고 있다. 육지 사람들이 전통가옥들을 매입하여 임대용 주택이나 카페로 개조하고 있기 때문이다. 나는 친구 영숙에게 우리가 살 만한 곳을 신문 광고에서 좀 찾아봐 달라고 부탁했다. 2015년 8월에 영숙은 애월에 있는 매물을 하나 찾아 냈다.

오늘날 관광객들이 많이 찾는 애월 인근에는 중요한 역사적 장소가 있다. 13세기에 몽골의 침략을 물리치기 위해 고려군이 지은 요새가 바로 그것이다. 차를 타고 도로를 달릴 때면 나는 한때 이 땅이 칭기즈 칸의 손자인 쿠빌

라이 칸이 이끄는 몽골제국에 수백 년간 점령을 당했었다는 사실을 떠올려 보곤 한다. 쿠빌라이 칸은 당시 160 마리의 말을 배에 실어서 오기도 했다.

우리 어항촌에서 눈에 보이는 거리에는 고내봉 오름이 있는데, 오름이란 제주도 전역의 작은 산처럼 보이는 조그만 기생화산들로 총 368개가 있다. 해안 도보길을 따라가다 보면 농지 중간중간에 봉분이 있는 고대 분묘지들이 보인다. 대부분의 마을에는 신령을 숭배하는 신당이 있으며, 이곳에서 사람들은 해녀와 어부들의 무사안녕과 가족들의 건강을 기원한다. 제주도에는 역사와 대자연이 공존하고 있다.

애월은 다른 해안 마을과 마찬가지로 용천수가 나는 자리에 형성되었다. 십여 년 전만 하더라도 그런 용천수가 섬 전역에 900개쯤 되었다. 우리 동네에는 하물이라는 샘이 있는데, 이 물은 남한의 최고봉인 한라산 기슭의 지하수에서 흘러나오며 제주도 탄생설화의 기원으로 숭상되고 있다. 땅에서 솟아나온 샘물은 다시 땅속으로 스며들어 각지의 지하수와 합쳐진다. 지하수는 계속해서 땅속 빈틈을 타고 흘러 애월 같은 마을들을 지나 마침내 바다로 흘러든다. 애월涯月은 한자로 '물가의 달'이라는 뜻인

데, 육지의 시인들까지 애월에 감복하여 이곳의 자연미를
찬미하는 시를 지었다.

이웃의 김종호 씨를 비롯한 우리 마을 노인들은 용천
수에 대해 많은 추억을 가지고 있다. 그가 기억하는 용천
수는 공동체 생활의 중심으로, 여기서 아낙들은 물을 긷
고 빨래를 하고 남자들이 볼 수 없는 높은 돌담 뒤에서 목
욕을 했다. 그런데 15년 전에 그 용천수 터가 완전히 철거
되고 말았다. 그리고 5년 전 마을 지도자들에 의해 공공
휴식처로 사용될 새로운 석조 구조물이 만들어졌다. 현재

이곳의 안내판에는 '목욕 및 빨래 금지'라고 적혀 있다. 김종호 씨는 원래 있던 돌들을 볼 수 없어 아쉬워한다. "지금 돌은 볼품이 없어요. 원래 돌은 다 사라지고 담장도 낮아졌지요. 옛날 돌은 여자들이 다듬잇방망이로 하도 빨래를 두들겨 대서 매끈하고 반들반들했거든요."

요즘은 물정 모르는 아이들이 이 용천수에 발을 담갔다 뺐다 하며 장난을 친다. 노인들 이야기가 아니었다면 나는 그 일렁이는 물결들에서 팔백 년 전 쿠빌라이 칸의 침략을 돌아볼 생각을 하지 못했을 것이다.

넉넉한 바다의 품

    물속 바위틈에 낀 보말고둥 하나가 보였다. 가까이 다가가 '골갱이질'(호미질)을 하니 쇠 끝이 바위에 긁히는 소리가 났다. 나는 골갱이를 고둥에 단단히 고정한 뒤 몸을 더 가까이 끌어당겨 바위에 붙은 고둥을 힘껏 떼어 냈다. 해수면 위로 올라오자마자 나는 숨을 헐떡거리며 장갑 낀 손으로 고둥을 힘껏 움켜잡았다. 그러고는 숨을 몰아쉬면서 함께 물질을 하던 친구 강숙에게 소리쳤다. "망사리 어딨어?" 나는 채취한 고둥을 강숙의 붉은 망사리에 넣었다. 망사리 안엔 이미 조그만 소라들이 담겨 있었다. 나는 재차 물속으로 들어갔다. 보말고둥을 하나씩 딸 때마다 좀 더 따고 싶다는 욕망이 일었다. 나중에 안 일이지만 해녀들도 그런 마음 때문에 안타깝게 익사하는 경우가 있다고 했다. 그들이 우리에게 남긴 교훈을 가슴에 새길 필요

가 있었다. '욕심 내지 말고 자기 숨만큼만 머물러라.'

만족과 욕심, 삶과 죽음은 한끗 차이다. 어느 해녀가 TV에 나와 이렇게 말한 적이 있다. "숨이 찰 때는 올라오기가 얼마나 힘든지 몰라요. 뼈가 으스러지고 땅이 무너지는 것만 같죠. 너무 어지러울 땐 가라앉을 뻔하기도 해요. 눈앞에는 비가 줄줄 내리죠... 저승의 망자는 숨을 쉬지 않잖아요. 그래서 어떤 사람은 잠수가 물속에서 관을 나르는 것과 같다고도 말해요."

나는 이런 종류의 신체적 위험을 경험해 본 적이 없었다. 그런데 다 늘그막에 프리다이빙 세계에 입문하게 되었다. 대부분의 해녀들은 십대 때 할머니와 엄마를 따라 바다로 나갔다가 잠수를 시작한 사람들이다. 그들은 내가 욕조에 들어앉아 있는 것만큼이나 바닷속에 있는 걸 편안해 한다. 나는 2012년에 처음으로 해녀들과 함께 물질을 해보았다. 〈물때 - 제주의 바다 할망〉을 쓴 이듬해였다. 이 프로젝트는 제주의 해녀 할머니들에게서 감화를 받아 시작되었다. 그들이 토박이 바다지기로서는 마지막 세대인 것만 같아 나는 그들의 삶을 기록하고 싶었다.

남편과 나는 인근 해녀학교의 5개월짜리 프로그램에 등록했다. 현지 잠수부의 아들이 귀덕리에 설립한 곳이

로, 남녀 60여 명이 실제 해녀 선생님으로부터 프리다이빙의 기초를 배우기 위해 등록했다. 수강생 중 세 명은 외국인이었다. 나는 제일 나이가 많은 축에 들었고, 가장 자신감이 떨어지는 학생이었다. 처음에는 30초 이상 숨을 참기가 힘들었다. 해저를 탐색하기에는 턱없이 부족한 시간이었다. 보말고둥, 소라, 성게를 발견하자마자 나는 숨을 쉬기 위해 빈손으로 올라와야만 했다. 입술이 해수면을 뚫고 나오는 순간이 그렇게 기쁠 수가 없었다. 하지만 친구 영숙은 양손에 보말 고둥을 세 마리씩 들고 물위로 올라왔다. "어떻게 물속에 그렇게 오래 있어? 그리고 얘네들은 대체 어디서 찾아내는 거야?" 내가 궁금해서 물으니 경험이 많은 영숙이 대답했다. "바위 사이랑 바위 밑에서."

영숙과 같은 제주 토박이들은 바다와 함께 자란 사람들이다. 어릴 적부터 영숙은 엄마가 물질을 나간 사이 몇 시간이고 바다에서 친구들과 헤엄치며 놀았다. 열두 살이 되었을 때 영숙은 배운 적도 없는데 혼자서 소라와 보말고둥을 찾아 잠수를 시작했다. 처음으로 미끈거리는 해삼을 손에 쥔 뒤 영숙의 용감무쌍함은 집착으로 바뀌었다. "글쎄 매일 밤마다 세일로 큰 진복을 따는 꿈을 꿨다니까!"

하지만 나는 아무리 노력해도 한 번에 보말고둥 하나 이상은 딸 수가 없었다. 허리에 다는 납의 무게를 조정하고, 잠수 경로를 숙달하고, 물이 들어가지 않는 수경으로 바꿔 쓰고 난 다음엔 결과가 좋아질 줄 알았다. 그런데 아니었다. 여전히 나는 산소 부족의 공포에 시달렸다. 신참 다이버인지라 아직도 나는 종종 바다 밑과 물 바깥을 연결시켜 주는 스노클에 의지하곤 한다. 하지만 장비보다 더 중요한 건 편안한 마음가짐이다. 제대로 된 호흡법과 긴장을 푸는 법을 배울 수만 있다면 아마 나도 더 깊은 바다와 친구가 될 수 있을 것이다.

예전에 영어를 가르쳤던 호주 출신 프리다이버 친구 셰린은 위, 횡격막, 가슴으로 나누어서 호흡하는 법을 연습하라고 일러 주었다. "들이쉬는 길이보다 두 배만큼 길게 숨을 내쉬어. 사흘이면 익힐 수 있을 거야." '준비-하강-채취-상승'으로 단계를 나누어 물질의 과정을 설명하는 다이버들도 있다. 각 단계에는 자기암시와 은유, 시각화가 동원된다. 어느 다이버는 산소 부족의 공포심과 자신이 어떤 관계인지를 이런 말로 설명했다. "저의 의식 속에는 공포심이 자리잡고 있습니다. 저는 친구도 적도 아

닌 오랜 지인처럼 그 공포심을 향해 몸으로 미소를 보냅
니다."

바다가 오랜 지인이라는 느낌이 들기까지 나에겐 오랜
시일이 걸릴 것 같다. 우리는 희롱하고 놀면서 서로의 본
성을 알아가는 중이다. 하지만 바다 밑의 아름다움에 매
료된 만큼 또 바다의 노여움이 두려운 만큼 나는 계속 호
흡법을 연마하고 폐활량을 늘려서 더 오래 잠수할 수 있
도록 할 것이다. 조개를 한아름 딸 만큼의 여유와 자신감
이 생기면 아주 현명한 해녀처럼 조심성도 갖출 수 있을
터이다. 절제력으로 욕심을 이겨 내야 한다. 그렇지 않으
면 무사히 물 밖으로 나올 수도, 일상생활로 돌아올 수도
없을 테니까.

해녀가 잠수할 때면

두 발이 토끼 귀처럼 쫑긋 수면 위로

솟아 오른다

두 발을 땅에 딛고

나는 다리는 짧아도 걸음은 무척 빠르다. 나보다 키가 큰 친구들을 쫓아다니려면 늘 빨리 걸어야 했기 때문에 생긴 습관인 것 같다. 게다가 핑핑 돌아가는 머리회전을 따라잡느라 빠른 걸음걸이는 아예 내 본능이 되어버렸다. 속도를 늦출 생각, 그러니까 느리게 사는 삶의 심오한 의미를 헤아려 볼 생각은 예순이 지나서야 들었고, 이제는 그것이 내 칠십대를 위한 참살이 주문의 역할을 하고 있다. 나는 조깅은 하지 않지만 걷는 건 좋아한다. 내 나이에 운신을 할 수 있다는 건 크나큰 축복이며, 제주도는 나에게 사계절 어디에나 있는 지상낙원이 되어 준다.

예전에는 제주도가 신혼여행지로 여겨졌다. 요즘은 건강과 치유의 장소로 각광받으며 남녀노소를 불문하고 올레길 탐방을 즐기는 사람들이 많아졌다. 제주도 말로 '올

레'란 길에서 집까지 연결된 좁은 골목길을 가리킨다. 그러나 오늘날의 '제주 올레길'은 의미가 확장되어 환상적인 경치의 해변과 농지, 마을, 삼림, 계곡, 숲을 그물망처럼 연결하여 제주도를 걸어서 여행할 수 있도록 만들어진 스물여섯 가지 코스의 길을 가리킨다.

남편 잰과 나는 자동차나 자전거를 타고 또는 걸어서 이 올레길 대부분을 탐방했다. 전에는 의도적으로 길을 정비한 것이 불만이었다. '제주도엔 어디나 걸어다닐 수 있는 길이 있는데 왜 굳이 새로 길을 만들었을까?' 투덜거리며 올레길을 걷다가 너무나 지친 나머지 걸음을 멈추고 주변을 둘러본 순간 갑자기 깨달음이 왔다. 고통 없이는 얻는 것도 없음을!

친구 영숙은 올레길을 모두 탐방해 보았다고 했다. 그 친구의 체력이 부러운 나머지 나도 올레길을 모두 정복하고 신체적 한계를 뛰어넘어 봐야겠다는 생각이 들었다. 결국 나는 한라산을 오르는 힘겨운 코스 네 개를 정복해 냈다. 그러나 더 많은 길을 정복하겠다고 걸음을 재촉하거나 급한 마음을 먹을 필요는 없을 것 같았다. 우리 부부의 음력 생일 기념으로 탐방한 올레길도 있다. 제주에서 우리가 살아본 귀덕과 애월 두 마을을 지나는 15번 길을 가기로 했다. 우리는 총 16킬로미터 길이의 코스를 오전 9시에 한림항에서 출발해 장장 다섯 시간 만에 고네항에서 끝마쳤다. 물론 등산화에 들어간 돌을 털어내고 주전부리를 하느라 쉰 시간을 포함해서 말이다. 둘 중 한 사람이라도 발길을 멈추고 사진을 찍고 싶어 하면 우리는 서두르지 않았다. 언성 한 번 높인 적도 없다.

길을 가면서 우리는 짠 바다 내음을 맡고, 초록과 자줏빛의 널따란 양배추 밭에서 눈호강을 하고, 남근상들이 모셔진 절에 들르고, 납읍리에서 지친 다리를 쉬고, 고지대 삼림을 지나 과오름을 거쳐 고네항에 도착했다.

목적지에 마침내 도달했을 때 몸은 녹초가 되었지만 기분은 가히 나쁘지 않았다. 근처 벤치에서 쉬면서 잰은 오로지 한 가지 생각만 떠올렸다. "목욕하러 갑시다." 그래서 택시를 잡아 타고 우리 차가 있는 곳으로 돌아온 뒤 가장 가까운 대중목욕탕으로 향했다. 거기서 우리는 지친 몸을 물에 담그고 선식 사우나의 달궈진 돌 위에서 낮잠을 잤다.

다음날 아침 우리는 전날의 올레길 탐방에 대해 이야기하며 우리가 돌아다닐 수 있다는 사실을 결코 당연시해서는 안 된다는 결론을 내렸다. 얼마나 많이 걷느냐보

다 걸음을 걷는다는 사실 자체가 중요한 것이다. 내 신체적 조건에 제약이 생기더라도, 다시 말해 내 몸 어딘가가 불편해지더라도 맹세코 나는 움직일 수 있는 한 계속 걸어 다닐 것이다. 지팡이나 목발을 짚고서라도 아니면 다른 사람 팔에 의지해서라도 말이다. 제주도에서는 움직이지 않고 살아갈 핑곗거리를 찾을 수가 없다. 허리가 꼬부라진 할머니들이 유모차를 밀면서 무거운 걸음을 옮기는 모습을 거의 매일같이 보게 되니 말이다. 지갑, 방석, 먹을거리뿐 아니라 누적된 세월의 무게까지도 유모차에 실어나르는 그네들의 걸음걸음에는 끈기와 실용주의 정신이 배어 있다. 뛰지 말고 걸을지어다.

제주 사람들은 제주의 바람이 빚어낸 듯한 자태를 뽐내는 팽나무를 좋아한다. 팽나무는 지금껏 온 제주 마을들에 그늘과 영혼의 안식을 제공해 왔으며, 사람들은 나무 아래서 두런두런 이야기를 나누며 유대감을 쌓아 왔다. 변화와 불확실성의 시대에도 팽나무는 변함없이 믿고 의지할 수 있는 존재였다. 마을 사람들이 말 못할 비밀을 털어놓으며 섬의 신령들에게 조언과 용서를 구하면 나무는 잘잘못을 따지지 않고 묵묵히 그 이야기를 들어 주었다. 이승과 저승의 전령 노릇을 하는 무당들도 팽나무가 지닌 치유의 기운에 이끌려 이 나무 옆에서 굿을 벌이곤 했다.

제주의 여인들은 좀 더 실용적인 차원에서 팽나무에 토착 정수시설을 설치해 사용하기도 했다. 나무줄기를 타

고 내려온 빗물을 짚으로 짠 체로 걸러서 항아리에 내려
받는 방식이었다. 팽나무가 바다보다 인가와 더 가까웠기
때문에 이렇게 물을 모으는 것이 더 편리했다.

팽나무는 비스듬히 기울어져 자란 모양새가 독특하다.
흡사 옆으로 몸을 굽힌 요가 동작을 연상시킨다. 불어닥
치는 강한 해풍을 이기지 못하고 나무의 줄기와 가지들이
한라산 쪽으로 휘어져 자란 것이다. 한라산은 제주 탐라
국 건국신화의 발상지이기도 하다. 그래서 제주에선 팽나
무를 흔히 볼 수 있다. 대부분의 마을엔 민가에서 그리 멀

언젠가 한라산이 다시 분출한다면
켜켜이 쌓인 제주 사람들의
슬픔과 이야기의 무게 때문이 아닐까?

지 않은 곳에 팽나무가 한두 그루쯤 있다. 나무 주변에는 대개 쉼터가 마련되어 있어서 주민들이 나무 그늘에서 낮잠을 자거나 지인들과 담소를 나눈다. 그간 이 시원한 나무 그늘 아래에서 얼마나 많은 이야기들이 오고갔을까.

팽나무의 아름다운 자태는 현지인에게 사랑받는 것은 물론이고 예술가들에게도 지속적인 관심의 대상이 되고 있다. 육지의 시인들마저 그 모습에 감탄하여 이 마을 붙박이를 예찬하는 시를 쓰곤 한다. 이웃의 김종호 씨는 인근 고내리에 늘어선 팽나무 여섯 그루 곁을 지날 때면 나무들 사이로 들고나는 새들의 모습을 보며 경탄해 마지않는다. "저 새들은 나뭇가지 사이로 날아다니면서도 이파리를 하나도 안 건드려요. 사람들은 도시를 건설할 때 환경을 파괴하지만 새들은 하늘에 있는 자기들의 터전을 잘 보존하지요."

팽나무들 중에는 나이가 수백 살이나 되는 것들도 있다. 그만큼 팽나무는 제주의 수목들 가운데 중요한 부분을 차지한다. 우리 마을에는 마을 한가운데에 두 그루, 동네 중학교 마당에 한 그루가 있다. 여름철이면 팽나무 잎들은 지친 사람들을 위해 양산을 만들어 준다. 사람들이 삼삼오오 나무 그늘 아래로 모여들면 나무는 사람들의 말

소리와 새소리로 시끌벅적해진다. 겨울철엔 헐벗은 가지 탓에 나무를 찾는 사람이 줄어들지만, 그 헐벗은 가지의 모습조차 파도 치는 모습을 닮아 아름답기 그지없다. 그런데 그곳에서 오간 이야기들은 전부 어디로 갔을까?

작가인 나는 내 글이 인쇄되어 책으로 나오는 것이 자연스럽게 느껴진다. 그러나 많은 문화권의 역사와 설화들은 입에서 입으로만 전해 내려온다. 제주도 전역의 팽나무 아래에서 한 해에 얼마나 숱한 비밀 고백들이 이루어질까 상상하다 보면 문득 이런 생각이 든다. 한라산 쪽으로 가지를 휘게 만든 세찬 바람이 나무 아래의 이야기들마저 휩쓸고 가버린 것은 아닐까? 한라산의 정령들에게 그 이야기들을 잘 지켜 달라고 말이다.

감당 가능한 생활

생활비 이야기를 한번 해볼까 한다. 남편과 내가 제주
도에서 사는 데는 여러 가지 이유가 있지만, 남편이 자기
친구들에게 우리가 어떻게 살아가고 있는지 설명할 때면
꼭 빼놓지 않고 들려주는 이야기가 있다.

"어느 날 자동차 에어컨이 돌아가지 않는 거야. 그래서 동
네 정비소에 차를 가지고 가서 수리해 달라고 했지. 정비
사는 어디 새는 데가 있을 거라고 하더군. 말인 즉슨 새
콘덴서로 갈아야 한다는 뜻이었어. 수리를 부탁하고 한
시간 뒤에 다시 가보니 차를 다 고쳤다고 하더라고. 정비
사는 콘덴서를 교체했는데, 글쎄 내 돈을 아껴 주려고 재
생 부품을 설치했다지 뭔가. 나에게 물어보지도 않고 말
이지. 아마 차가 낡아 보여서 내가 새 부품으로 교환하고

싶어하지 않을 거라고 생각했나 봐. 그래서 재생 부품을 달아 놓고는 미국 수리비의 3분의 1만 청구한 거야. 그가 속임수를 써서 벗겨먹으려 들지 않고 오히려 나를 챙겨 주는 듯한 느낌이었어."

캘리포니아에서 살 때 우리 부부는 늘 돈 문제로 상의를 했고 심지어 언쟁을 벌이기도 했다. 노인들은 감당 가능한 생활방식에 대해 끊임없이 검토하고 협의해야만 한다. 놀랍게도 미국의 평균 은퇴비용은 70만 달러까지 상승했다. 그중 의료비로만 35퍼센트가 들어간다. 안타까운 현실은 대부분의 미국인 가정이 마련하는 은퇴비용이 평균 비용의 근처에도 못 미친다는 점이다. 의료 서비스는 여전히 대부분의 미국인들에게 권리가 아닌 특권이다.

한국에서는 의료 서비스를 정부가 국민에 대해 지는 의무로 여긴다. 한국 정부는 의료 서비스에서 영리를 추구하지 않으며 약값을 세심하게 규제한다. 제주도에서 우리 부부가 내는 건강보험료는 매달 50달러 수준인데, 건강과 관련된 비용 중 약값이 가장 저렴하지 않나 싶다. 한번은 남편이 치통 때문에 열흘치 항생제와 진통제를 탄적이 있는데, 알약 세 알씩이 아침·점심·저녁으로 나뉘어

편리하게 개별포장되어 나온 값이 고작 5달러 정도였다.

우리가 여유가 넘쳐서 미국과 한국 두 나라를 오가며 사는 것은 아니다. 여름에만 캘리포니아에 가서 지내는 우리는 그때마다 미국의 높은 생활비를 체감한다. 교외 주택에 대한 재산세만 하더라도 연간 3천 달러 정도 나온다. 그에 반해 제주도 어촌 마을에 있는 스물다섯 평짜리 주택의 재산세는 일 년에 고작 50달러밖에 안 된다. 우리가 한국으로 거주지를 완전히 옮기지 못한 건 아직 가족과 친구들이 캘리포니아에 살고 있기 때문이다. 재미교포인지라 우리는 두 나라 모두에 정서적으로 애착이 있다.

가끔 캘리포니아에서 나는 하스 아보카도가 너무 먹고 싶을 때가 있지만 아쉬운 건 딱 그 정도다. 제주 친구들 대다수가 텃밭을 가지고 있거나 현지 농부를 알고 있어서 누군가 우리 집에 다니러 올 때면 늘 귤, 감, 대추, 시금치 등 이곳에서 흔하게 나는 농산물을 한 봉지씩 선물로 가져오곤 한다.

한국인들이 식사 때 항상 올리는 음식은 밥, 국, 고기류와 주로 채소로 만든 반찬들이다. 반찬은 한 번 할 때 넉넉히 해두면 끼니 때마다 꺼내 먹으면서 고기만 생선이나 닭고기로 바꿔 주면 된다. 나는 남은 재료들로 뚝딱 음식을 잘 만든다. 자투리 채소를 재활용해 새로운 반찬을 만들거나 국에 넣거나 볶음도 하고 오믈렛도 만든다. 섬 어디서나 농작물을 수확하는 사람들이 보이는데, 이 모습을 보면 '농장에서 식탁까지'라는 말의 의미가 무엇인지 이해할 수 있다. 우리는 철마다 우리 텃밭에서 기를 수 있는 농작물을 손수 길러 먹음으로써 생활비를 절약한다.

집에서 손님을 대접할 때는 식료품비가 더 많이 든다. 대부분 한국인인 친구들에게 그들이 못 먹어 봤음직한 음식들을 대접하고 싶기 때문이다. 한 번은 손님을 초대해 검보(닭이나 해산물에 오크라를 넣어 걸쭉하게 만든 수프)를 대접한 적이 있다. 앙두유 소시지와 검보필레 같은 특별한 양념들은 인터넷으로 주문해야만 했고, 오크라의 경우는 제주 현지 농부를 아는 친구의 정보력이 아니었다면 신선한 재료를 사용하지 못할 뻔했다. 오크라는 손님들이 들이닥치기 불과 30분 전에 도착했다.

한식을 먹는 편이 더 저렴하다. 밥, 국, 고기와 대여섯 가지 반찬으로 이루어진 점심 세트가 5달러 정도 한다. 식당도 집에서 조금만 나가면 있다. 시내에 볼일을 보러 가면 우리는 돼지고기 패티와 채 썬 양배추, 피클, 마요네즈가 들어간 간단한 햄버거를 단돈 1~2달러에 사먹을 수 있다. 남편이 즐겨 먹는 즉석식품은 동네 편의점에서 파는 햄삼각김밥이다. 이것도 1달러밖에 안 한다. 도시생활의 허례허식을 버릴 자신만 있다면 제주도는 한정된 수입으로 살아가기에 괜찮은 곳이다.

오락거리나 즐길거리가 없어 답답할 일도 없다. 바다와 산, 자전거길, 산책로, 해안마을들이 지척이니까. 섬 반대편으로 가고 싶어지면 우리는 접이식 자전거를 3천 달러에 산 중고차에 싣고 해안을 따라 달려가서는 오후 라이딩을 즐긴다. 건강 유지를 위한 비용이 많이 들지 않는다. 대자연이 무료 체육관을 상시 개방하니까. 우리는 모두 동일한 자격을 지닌 회원들이다.

외국에서 휴가를 보내고 온 뒤에도 우리는 으레 찾아오는 우울증을 겪을 일이 없다. 제주도로 되돌아오면 언제나 새로운 휴가지를 찾은 기분이 드니까.

제2부

집
짓
기

어린 시절 LA에 살 때는 이사를 한 번밖에 하지 않았을 만큼 같은 집에서 오래 살았다. 그랬던 내가 열아홉 살 때는 모 학생 프로그램을 통해 배를 타고 4개월간 전 세계 17개 항을 돌아다녔다. 남편은 열아홉 살 때 외국인 교환 학생으로 독일에서 1년간 살았다고 했다. 1967년 처음 만났을 때 우리는 상대방의 여권을 보고는 서로의 공통점이 무엇인지 파악했다. 우리는 1969년에 결혼식을 올렸고 따로 또는 같이 45개국 이상을 여행했다. 캘리포니아와 뉴저지에서 생활할 때는 아파트에서 다섯 번, 주택에서 여섯 번 살았고, 외국의 경우는 베트남에서 한 번 살아 보았다. 여전히 우리는 스스로를 국제적 유목민이라 자처하며 안전지대 밖의 삶과 문화를 경험해 보고픈 욕구를 뿌리치지 못하고 있지만, 그럼에도 불구하고 우리가 소상들의 나라, 거기서도 제주도에 새 보금자리를 마련하고 이웃과 더불어 살 결심을 하게 되리라곤 상상도 하지 못했다.

캐나다의 심리치료사이자 융 분석가인 브라이언 콜린슨은 집의 개념을 이렇게 제시한다. "사람들에게 최초의 집은 엄마의 자궁과 같으며, 이후에 살게 되는 집들에도 그러한 분위기와 느낌이 전이된다. 전 세계 어떤 신화에서든 전통적으로 최초의 집은 낙원으로 그려지며, 사람들은 그곳으로의 회귀를 꿈꾼다."

이런 상징주의에 공감하지 못하는 사람들도 있을 것이다. 하지만 신기하게도 집 짓기 프로젝트를 진행하면서 나는 묘하게도 천장의 대들보, 벽지, 마당의 풀, 옥외 빨랫줄 같은 여러 요소들에 친숙한 느낌이 들었고, 방 안 곳곳의 특징들이 내가 유년기와 청소년기를 보냈던 LA의 두 집을 상기시켰다. 마을의 노인들마저 외할머니와 함께 살았던 기억을 불러일으켰다. 정말로 내가 어린 시절의 낙원으로 회귀하려고 했던 걸까?

그랬든 아니든 그런 건 크게 중요하지 않다. 제주도에 집을 짓는다는 것은 고객과 계약자, 고객과 인부들, 우리와 새 이웃들 간에 문화적 관계를 형성하는 하나의 인간적 실험에 다름 아니었다. 제주도 전역에서 벌어지고 있는 서구식의 급격한 개발 속도전 속에서 우리는 일부러 보다 친환경적이고 한국의 문화적 전통이 배어 있는 재료(제주 화산석, 한국식 온돌, 삼나무, 동백기름, 닥나무 종이, 황토, 전통적인 흙기와 등)와 디자인을 선택했다. 지금의 토속적인 돌집을 완성하기까지는 작업이 예상보다 길어져 일 년 반이나 걸렸다. 우리 같은 늙은 유목민에게는 느린 편이 낫다. 이제 더는 갈 데도 없다, 당장은.

가택신 달래기

나는 폐가의 이 방 저 방을 휴대전화 카메라로 찍어 두었다. 낡은 돌집 대부분이 헐리기 전에 옛집의 모습을 기록으로 남겨 두고 싶었다. 열 때문에 바스러져 말려 올라간 벽지, 흙벽에 구겨져 박힌 신문 광고지, 낮은 천장 아래로 드리워져 돌아다닐 때마다 머리카락에 끈끈하게 들러붙던 거미줄에 이르는 모든 것들이 그 공간에서 어떤 삶이 이루어졌는지를 말해 주는 흔적이었다. 이러니 나 자신이 포렌식 전문가인 양 상상하며 범죄 수사물 CSI를 즐겨 보는 것도 그리 무리는 아닌 듯하다.

예전에 안방으로 쓰였을 법한 방에 들어서니 붓으로 그려진 한 승려의 그림이 보였다. 그림 위편엔 한글로 쓰인 시 한 수와 선종 특유의 상징인 무한원, 멋스러운 붉은 한자 낙관이 있었다. 그림의 가장자리는 해어지고 얼룩져 있었지만 얇은 닥나무 한지는 손상되지 않은 채로 느슨하게 벽에 붙어 있었다. 나는 그림을 벽에서 살살 떼어냈다. 안전하게 보관해 두었다가 나중에 복원해서 새집에 타임캡슐처럼 걸어둘 생각이었다.

그 시가 어떤 시인지보다 먼저 알게 된 건 그 집에 살았던 사람들의 가족사였다. 그 집은 자녀가 여섯이었고 자녀 중 하나가 승려였다고 했다. 승려 그림을 그리고 14세기의 유명한 시구를 발췌하여 쓸 생각을 했던 사람이 바로 그 승려의 아들이리라.

청산은 나를 보고 말 없이 살라 하고
창공은 나를 보고 티 없이 살라 하네
탐욕도 벗어 놓고 미움도 벗어 놓고
바람같이 살다가 가라 하네

근 일 년이나 지나서 나는 친구 원창희로부터 이 시의 지은이가 14세기 고승 나옹선사임을 알게 되었다. 그러고도 별 생각 없이 또 몇 달을 보냈다. 하지만 새집으로 이사를 들어오고 난 뒤에는 당장에 그림을 도로 가져왔다. 그동안은 원래 살던 아파트 서랍에 살짝 접어서 잘 보관해 두고 있었다.

　나는 친구 안혜경에게 그 그림을 한국식 족자로 만들 수 있는 곳을 소개해 달라고 했다. 혜경은 내가 해녀에 대한 조사차 2009년에 제주에 왔을 때 처음 만났던 사람들 중 하나다. 아트스페이스 C의 소유주이자 관장인 혜경은 내 책 〈물때〉를 후원해 주었을 뿐 아니라 두 번째 책 〈베트남 모멘트〉가 나왔을 때 출판기념회를 열어 주기도 했다. 그녀라면 제주시에서 가장 실력 있는 족자 제작자를 알고 있을 것 같았다. 우리는 함께 차를 타고 그녀가 선택한 가게로 갔다. 주인은 혜경을 보고 반색하며 물었다. "오랜만입니다. 아버지는 안녕하시고요?" 혜경은 매장 뒤편에 걸려 있는 자기 아버지의 그림을 손짓으로 알려 주었다.

　주인은 나에게 족자를 어떻게 만들고 싶은지 물었다. 그림이나 글이 모두 단순한 편이어서 나는 그 순수성을 부각시킬 수 있도록 미색 닥종이에 하얀색으로 바탕을 대기로 했다. 하지만 색깔 고르기는 시작에 불과했다. 다음으론 그림을 돋보이게 할 수 있도록 테두리용 비단의 문양을 골라야 했다. 혜경과 나는 아주 은은한 꽃무늬가 들어간 비단을 고르고 가로 41센티미터, 세로 118센티미터

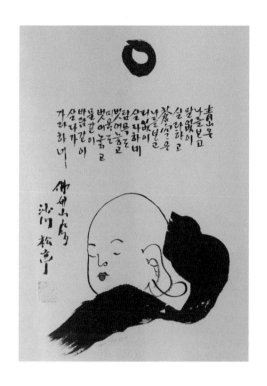

의 족자를 걸어 고정시킬 막대로는 밤색을 골랐다.

지금 그 그림은 우리 집 거실의 좁은 벽에 걸려 있다. 소박하고 수수하여 시선을 한눈에 사로잡는 그림은 아니다. 하지만 손님들이 천천히 집안을 둘러보다가 나옹선사의 시를 보며 생각에 잠기는 모습을 보면 그렇게 마음이 흡족할 수가 없다. 어떻게 하면 계속 순수하게 살 수 있을까? 그것도 일흔이 넘어서까지.

착공에 들어가기 전 나는 친구 강경희에게 축원을 부탁했다. 전 주인에게 붙어 있었을지 모를 영들의 심기를 거스르고 싶지 않았다. 처음 샀을 때 그 집은 완전 엉망진창이었다. 마당을 지날 때마다 나는 모기기피제를 뿌려야 했다. 그 심란한 광경을 바라보는 것만으로도 온몸이 근질근질했다. 그래도 나는 그 폐가가 마음에 들었고, 최대한 그 집을 원래 모습 그대로 보존하겠노라고 다짐했다. 그 땅에는 불도저를 들이밀기 전에 우선 치유와 축복이 필요해 보였다.

80평쯤 되는 본래 집터엔 제주도 집들에서 전형적으로 볼 수 있는 건물 세 채가 있었다. 시부모님이 머무는 안채, 아들 부부가 기거하는 별채, 외양간이 그것이다. 돌로 벽을 쌓은 안채와 달리 별채는 나중에 콘크리트 블록으로 지어진 탓에 정통의 돌 구조가 아니었다. 별채에는 텃밭과 꽃밭으로 사용할 수 있는 귀중한 공간이 딸려 있었다. 우리 집과 아래쪽 집을 구분하는 돌담을 따라서는 제멋대로 자란 대나무가 줄지어 있었다.

나는 '신성한 써클댄스'를 가르치는 경희에게 우리를 애월로 인도할 의식을 치러 달라고 부탁했다. 그녀는 멕시코, 미국, 유럽 등지에서 열린 국제적 모임에 다년간 참석한 경험이 있었다. 나는 제주의 그녀 집에서 그런 춤을 몇 번 함께 춰본 적이 있다. 발동작이 단순해서 한두 번만 연습해도 금세 익힐 수 있었다. 춤을 출 때마다 우리는 손에 손을 잡고 앞으로 갔다 뒤로 갔다 하고, 왼쪽으로 발을 내딛고, 두 발을 교차하고, 다 함께 손을 들어올렸다. 춤 동작은 발칸 제국, 미국, 터키, 헝가리, 에콰도르 등 어느 지방의 음악이냐에 따라 달라졌다. 나는 열대지방의 느낌이 나는 하와이 노래를 요청했다.

의식을 치르기로 한 날 나와 잰, 경희네 내외, 감물 염색가이자 의상 디자이너인 순자와 근처 카페 주인 영순, 이렇게 여섯 사람이 모였다. 원 한가운데 놓을 수 있는 중요한 물건 몇 가지를 가져오라는 지시에 나는 내 책 〈물때〉 한 권과 장뇌향이 나는 묵주 하나, 감 두 개를 가지고 왔다. 촛불을 켜두려고 했지만 늦은 오후 바람에 자꾸만 꺼져버려서 그만두었다. 그렇게 마을의 일원으로서 첫걸음을 내딛는 우리의 처녀항해를 응원하는 아주 고요하면서도 은밀한 의식이 거행되었다. 우리는 친한 친구들과 나란히 손을 잡고 함께 신성한 원을 이루어 움직였다. 모기에 뜯기는 줄도 모른 채.

평면도

자기 집을 지으려는 사람들은 대개 건축가와 시공자를 고용한다. 우리는 시공자만 고용했다. 우리가 개조할 생각을 가지고 매입한 집에는 거실 하나와 침실 두 개, 부엌 하나, 보일러실이 하나 있었다. 화장실은 바깥에 따로 있었고, 쭈그리고 앉아서 사용하는 수세식 변기가 설치되어 있었다. 잰은 시골스러운 그 옥외 화장실이 마음에 들었는지 우기고 들었다. "밖에 화장실이 하나 더 있으면 좋잖아." 나는 반대했다. "글쎄, 내가 비바람을 뚫고 밖으로 오줌 누러 나갈 거라고는 기대하지 마." 여러 번 옥신각신하고 친구들의 만류까지 듣고 난 뒤에야 겨우 남편은 옥외 변소를 허물기로 동의했다.

나머지 부분의 평면도를 그리기는 그다지 어려울 것 같지 않았다. 침실 두 개를 다시 배치하고 해바라기 샤워

기와 비데 딸린 좌변기를 설치한 현대식 욕실을 추가하면 되었다. 삼나무 기둥과 벽체, 창문을 어떻게 배치할지는 아직 생각을 못하고 있었다. 나중에 나만의 동굴로 탈바꿈한 옛 외양간 건물에 대해서도 마찬가지였다.

우리 집의 시공을 맡은 문정환 씨는 계약서를 작성하기 전에 먼저 우리의 계획안을 보여 달라고 했다. 당시에 우리가 갖고 있던 것이라곤 연필로 대충 그린 스케치와 기존 구조물 사진뿐이었다. 그걸 본 그의 설명에서 엿보이는 결단력과 공간을 보는 안목이 마음에 들었다. 풍수지리를 잘 아느냐고 물으니 그는 조금 안다고 대답했다.

나는 집을 남향으로 지어 집에 자연 채광을 최대한 많이 들이고 싶었다. 만물이 결국엔 자연으로 되돌아간다는 믿음 때문인지 한국의 전통가옥은 많은 부분이 유동적으로 설계되어 있다. 우리 창호지 미닫이문도 그러한 사례 중 하나로, 나무가 썩거나 문풍지에 구멍이 나면 문을 쉽게 교체할 수 있다. 미국에 계신 서예 선생님도 집을 설계할 때는 언제나 변경할 수 있는 여지를 두고 가구는 낮게 하라고 당부하셨다.

우리는 본격적인 설계 작업에 들어갔다. 건평이 25평 정도인지라 공간이 여의치 않아 서양식 퀸사이즈 침대는

들이지 않기로 했다. 바닥에 요를 깔고 자면 그만이었다. 또 우리는 작은 건물을 허물고 새로운 공간에 남편의 사무실 겸 음악실을 마련하기로 했다. 딱히 작업실이라고 하기엔 좀 거창하지만 어쨌든 우리 귀덕리 아파트엔 임시 작업실이 있었다. 어느 날 남편이 홀연히 그 작업실로 사라졌다가는 몇 시간 뒤에 히죽 웃으며 나타나 손에 들고 있는 종이를 흔들었다.

"이것 봐! 내가 뭘 만들었는지 보면 깜짝 놀랄걸." 그는 종이를 테이블에 펼쳐 놓았다. "floorplan.com에서 만든 거야!" 거기엔 전문적으로 보이는 컬러 평면도가 그려져 있었고 방과 창문, 벽의 정확한 수치도 적혀 있었다. "이거 보여? 나무랑 꽃밭, 판석까지 배치해 볼 수 있다고. 근사하지 않아?" 그는 자화자찬을 늘어놓았다. "훨씬 낫지? 혹시 이차원이나 삼차원으로 보고 싶어? 아시아식 미닫이문도 넣을 수 있다고."

사실 우리 시공자도 설계를 못하는 건 아니었지만 두 사람 사이에서 선택해야 한다면 비용 절감을 위해 잰의 평면도를 기준으로 삼고 그것을 참고로 추후 논의를 이어가면 될 것 같았다. 대부분은 그렇게 했다. 그러나 실제로 공사가 시작되고 나니 평면도보다는 우리 시공자가 분필로 시멘트 바닥에다 바로 그려 낸 스케치에 더 의존하게 되었다.

우리는 많은 결정을 즉석에서 내려야 했다. 우리 집의 한쪽 대지 경계선이 이웃집과의 사이에 쌓인 돌담 너머에 있다는 걸 알았을 때도 결단이 필요했다. 법적인 권리를 되찾아 텃밭이나 조금 더 늘리겠다고 굳이 담을 허물어야 할까? 그럴 필요는 없어 보였다. 우리 땅 동쪽의 대지경계선이 비스듬하게 되어 있어서 욕실을 부등변사각형 모양으로 설계해야 하는데 괜찮을까? 욕실에 들어섰을 때 안쪽 공간이 더 넓어지기만 한다면 비대칭적인 모양이어도 상관없었다. 잰의 사무실도 완전한 네모꼴이 아니고 미닫이 창호지문을 포함해 다섯 개의 벽이 필요했다. 그는 책상과 소파가 30도 각도로 놓이는 구조를 받아들여야 했지만 쿨하게 말했다. "한라산만 보이면 난 괜찮아."

오늘날에는 건축주가 직접 집 짓기 프로젝트를 진행할 수 있도록 도와주는 DIY 앱들이 무척 많다. 잰은 지금도 우리가 전문 건축가를 쓰지 않고 우리 힘으로 집을 지었다는 사실을 뿌듯해한다. 그렇다고 그가 건축가의 필요성마저 부인한다는 뜻은 아니다. 특히나 대규모 프로젝트의 경우엔 더더욱 건축가가 꼭 필요하다. 그래도 잰이 우리

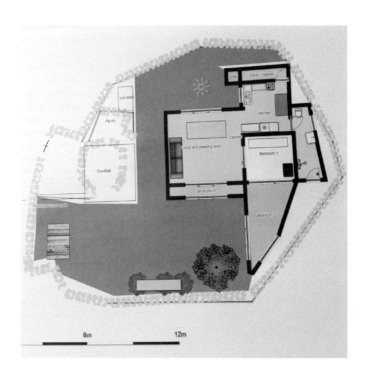

집 각 방의 크기와 모양, 방향, 용도를 고민하여 몇 시간 만에 얻어 낸 결과는 충분히 자랑할 만했다.

실내 인테리어 부분에선 잰이 순순히 뒤로 물러났다. 하지만 우리 시공자는 적극적으로 자기 의견을 피력했다. 그는 내가 욕실용으로 반들거리는 타일을 고르자 강력하게 반대하고 나섰다. "그건 너무 노티나요."

"옥색 멋지잖아요. 제주 바닷물 색이랑 비슷하고."

그는 내 말을 듣더니 다른 샘플을 보여주었다. "여기 같은 색깔의 타일로 질감이 살아 있는 게 있어요."

우리는 그의 추천을 받아들였다. 요즘 방문객들이 우리 집을 구경하면서 가장 많이 칭찬하는 부분이 바로 그 욕실이다.

평면도는 공간 계획의 핵심이다. 그러나 인테리어에 관한 한 결단코 '아내에게 맡기는 것'이 최선이다.

시공자 문정환 선생

집을 지어 줄 시공자를 선택할 때 우리는 운이 좋았다. 맨 처음 소개받은 사람은 도통 전화를 받지 않았다. 또 다른 사람은 목사였는데, 목사에게 우리 집을 맡기고 싶은 생각은 없었다. 자기 교회의 교인이 장례식을 치러 달라든가 결혼식을 집전해 달라고 하면 무엇이 그의 우선순위가 될지 뻔했으니까. 나는 성경보다 망치를 휘두를 사람이 필요했다.

친구 경희는 우리가 전통 돌집에 관심이 있다는 걸 알고 주택을 카페로 개조한 경험이 있는 카페 주인에게 그곳을 시공한 사람이 누구인지 알아봐 주었다. 우리는 그 카페에서 시공자를 만나기로 약속하고 어느 날 저녁 문정환 씨와 첫 만남을 가졌다. 나는 첫인상을 믿는 편이다. 그는 사십대 후반쯤 되는 사람으로, 행동이 빠릿빠릿하고 시원스러워 보였다. 나는 돌집에 대한 전문성을 갖추고 있을 뿐 아니라 제주의 전통미에도 조예가 깊으면서 건축은 현대적인 방식으로 해줄 사람을 원했다. 일찍 센 머리에 희끗희끗한 콧수염과 턱수염을 하고 있는 그의 외모에서 자신감과 개성이 풍겨져 나왔다. 한 친구는 이런 말도 했다. "그 사람 잘생겼더라."

내가 다 쓰러져 가는 두 채의 건물 사진을 보여주니 그는 대번에 콘크리트 블록으로 지어진 작은 건물을 부수자고 말했다. 그 건물은 처음부터 돌집에 있던 것이 아니었다. 현장에 직접 가보지도 않고 우리 대지에 빈 공간을 만들어 내는 그의 과단성이 감탄스러웠다. "너무 답답해요. 바람이 통하고 땅이 숨 쉴 수 있도록 하세요." 그가 한쪽 팔로 공중을 휘저으며 말했다. 우연의 일치인지는 몰라도 그의 회사 이름은 '막힘 없는 시간이나 공간'을 뜻하는 무한無限이었다.

두어 번 더 만나서 한국어와 영어로 한 줄 한 줄 계약서를 꼼꼼하게 검토한 뒤 우리는 서류에 서명을 하고 미지의 세계로 뛰어들었다. 설계와 관련해 그는 우리의 기대를 반영하여 공동작업을 해나가기로 했다. 우리 아이디어를 70퍼센트, 그의 아이디어를 30퍼센트 반영하는 조

건이었다. 그가 우리 아이디어를 존중해 주리라는 생각에
안심이 되었다. 하지만 언제 그의 개입이 이루어질지는
모를 노릇이었다. 실제로 그런 경우가 많았다. 그와 작업
해 본 고객 하나는, 그가 청구한 금액이 합당했고 비용 절
감을 위해 자기가 할 수 있는 일이면 무엇이건 그가 직접
나서서 해주었다고 전해 주었다. 다시 말해서 그는 설계
도만 들고 돌아다니는 타입이 아니라 직접 두 팔 걷어붙
이고 일하는 사람이었다. 젠과 나는 둘 다 그의 성격이 마
음에 들었다. 그는 먼저 듣고 생각한 다음 행동할 줄 아는

사람이었다. 유머 감각도 있는 편이었다. 내가 개조한 외양간에 자물쇠를 달아야 하느냐고 물으니 그는 이렇게 대답했다. "글쎄요, 저기다 귀중품을 숨겨 놓으실 계획이신가 보죠?"

처음에 반 년으로 계획했던 공사 기간은 일 년이 넘게 걸렸다. 그의 잘못 때문이 아니었다. 인부를 구하기 힘들어서, 변덕스러운 날씨 때문에, 갑자기 닥친 태풍으로, 감귤 수확철이어서, 자재 부족으로, 설 연휴 때문에 등등. 그나마 이런 이유들로 공사가 지연되는 건 괴롭긴 해도 받아들일 수는 있었다. 하지만 도무지 이해가 안 가는 이유들도 있었다.

가장 뜻밖의 이유는 '신구간新舊間'이라는 제주도의 세시풍속으로, 제주도에서 이 기간은 이사철이다. 샤머니즘을 중시하는 제주도민들은 인생의 중대한 결정을 내릴 때 신령들에게 의지하곤 한다. 신구간은 음력으로 대한 후 5일에서 입춘 전 3일 사이로 보통 일주일의 기간이다. 이기간 동안에는 제주를 지키는 1만 8천의 신령들이 천상의 옥황상제에게로 올라가 지상에서의 일을 보고하며, 옥황상제는 이듬해를 책임질 새로운 신령들을 내려보낸다고 한다. 제주도 주민들은 신령들의 심기를 거스르지 않기 위해 그들이 자리를 비운 이 기간 동안 이사를 하는 것이다. '고양이가 없으면 쥐가 살판이 난다'는 서양의 속담처럼 말이다.

이 세시풍속을 지키느라 인부들이 모조리 이삿짐을 나르러 가는 바람에 우리는 공사를 계속할 수가 없었다. 처량한 낙동강 오리알 신세가 아닐 수 없었다. 인내심과 깨달음, 유머가 없었더라면 아마 우리는 2017년 음력 새해가 되기 전에 우리의 최종 목표를 달성하지 못했을 것이다.

무엇보다 중요한 것은 소통이다. 우리가 미국에서 집을 지었더라면 언어 소통의 문제가 없었을 것이다. 우리 부부는 둘 다 한국어를 잘하지 못했다. 내 한국어 실력은 '초중급' 정도였다. 문정환 씨는 영어를 아예 못해서 우리는 일년 내내 서로 전화통화 한 번 한 적이 없다. 문화적인 차이로 인한 어려움도 있었다. 서양의 소통방식은 직접적인 반면 아시아의 소통방식은 간접적이다. 나는 이러한 차이를 극복할 방법을 강구하여 공사 기간 동안 서로가 이해하고 있는 내용이 다르지 않도록 해야만 했다. 그렇다고 집을 짓는 내내 영어를 할 줄 아는 한국인 친구들에게 매일같이 의지하며 귀찮게 할 수는 없는 노릇이었다.

가장 유용한 도구는 카카오톡이었다. 문정환 씨와 나는

카카오톡으로 연락을 하기 위해 서로의 아이디를 교환했다. 문자 메시지로 소통하면 언제나 사전을 활용할 수 있어서 좋았다. 카카오톡을 통해 나는 그와 연락할 필요성을 충족시키고 내 강박적인 염려를 모두 전달했다. 그가 암묵적인 소통을 중시하는 문화권의 사람이기에 나는 되도록이면 명확한 표현을 써서 그에게 우리가 하는 말을 추측해야 하는 부담감을 덜어 주었다. 그는 우리 뜻을 이해하지 못할 일이 없었다. 게다가 우리는 편안하고 편리하게 답을 할 수 있었다. 또 다른 앱을 활용해 종종 나는 내 말을 영어에서 한국어로 번역하여 그에게 메시지를 보냈다. "지붕에 흙기와를 쓸 수 있나요?" "공사 현장에 고양이들만 오가네요. 다음주엔 작업을 할 수 있을까요?" "위의 사진들을 봐주세요. 이 욕실 설비들 어떤가요?" "채광창 설치는 언제 하죠? 다음주에 비가 온대요."

메시지를 보내기 전에는 어처구니없는 말실수로 창피당할 일이 없도록 구글 번역기로 내 한국어 번역을 재차 확인했다. 한번은 격식 없는 한국어 "안녕"으로 시작되는 메시지를 쓴 적이 있다. 메시지를 보낸 뒤에 내가 쓴 인삿말을 구글로 번역해 봤더니 "안녕, 자기야!"라고 나왔다. 화들짝 놀라 내 한영사전을 다시 찾아 봤더니 구글

이 틀리고 내 한국어가 맞았다. 얼마나 다행스러웠는지 모른다.

대부분의 경우 문정환 씨는 간략한 한국어 문구로 글을 썼다. "10분 뒤 도착. 목재 집하.""이 문 마음에 드세요?""토요일 만남"과 같이 그가 메시지를 간단하게 써주어서 고마웠다. 집을 짓는 동안 나는 공사 관련 어휘도 많이 익혔다. 설치, 지붕, 기초, 목재, 견적, 현관문 등등. 또 영어의 "Go for it!"이나 "Right on!"에 해당하는 "파이팅"처럼 자주 쓰이는 한국어 표현들도 좀 배웠다.

문화의 차이조차 어느 정도는 카카오톡으로 극복할 수 있었다. 그에게서 곧장 답장이 안 오면 "지금 일하는 중입니다"라는 뜻으로 받아들여야 했다. 또 내가 '예, 아니오'로 간단히 대답할 수 있는 질문을 했는데도 답이 안 오면 그건 "아니오"라는 뜻이었다. 그가 월요일날 물건이 올 거라고 말하면 그건 "월요일날 보낼 수도 있다는 거지 약속은 아닙니다"라고 해석해야 했다. 제주에서 집을 지어 본 사람들이 귀띔을 해주어서 이미 나는 마음의 준비를 하고 있었다. "제주도 사람들은 독자적이에요. 자기 식대로 일을 하죠. 그들의 생각을 전부 다 알려고 하지 말고 마음의 여유를 가지세요."

솔직히 나는 우리가 감행한 집 짓기 모험의 공을 카카오톡에 돌리게 될 줄은 전혀 예상치 못했다. 물론 사안이 복잡해지고 비용 문제와 연결이 될 때는 대개 친구 영숙에게 연락해 통역을 부탁했다. 제주대학교 강사라는 영숙의 직책 덕분인지 영숙을 통하면 그가 우리의 말을 더 신빙성 있게 받아들이는 듯했다. 두 사람은 대개의 경우 전화와 카카오톡을 통해 한국말로 편안하게 이야기를 나누었다. 그래도 우리에게 온라인 번역기와 휴대용 와이파이

공유기가 없었다면 그림과 수신호 말고 과연 무슨 수단으로 소통을 했을지 가히 상상이 안 된다. 그동안 오고간 내 카카오톡 메시지는 나의 문화교류 일지이자 제주도에서 돌집을 짓는 동안 쌓인 나만의 용어집이다. "고마워요, 문정환 씨. 파이팅!"

화산석

검은 화산석보다 더 제주의 자연미를 특징적으로 보여주는 것도 없으리라. 제주를 찾은 사람들은 섬을 돌아다니는 내내 어디서고 이런 화산석과 만나게 된다. 바닷가에서는 구멍이 숭숭 난 크고 작은 현무암들이 깨지고 부서져 일정한 모양을 이루고 있거나 천연의 샘물 수반, 해녀들의 쉼터, 액막이용 방사탑, 요새, 신당, 망루 등으로 만들어져 있는 모습을 볼 수 있다.

도시엔 주요 공원과 호텔, 문화센터의 입구마다 돌하르방이 세워져 있다. 작은 돌조각마저도 타원형 각질제거용 돌로 다듬어져 소박한 기념품이 된다.

어떤 모양을 하고 있건 제주의 돌은 나름의 매력을 지니고 있다. 그중에서도 나는 주변의 논밭을 가로지르며 야트막하게 쌓여 있는 밭담이 특히 마음에 든다. 밭담은 사유재산의 경계를 표시하고 태풍으로부터 농작물을 보호하는 역할을 한다. 제주도 논밭의 풍경은 철마다 달라진다. 겨울철엔 눈 쌓인 돌담이 이파리를 부채처럼 펼친 풍성한 브로콜리밭을 새하얗게 가르고, 봄철엔 드넓게 펼쳐진 노란 유채꽃밭을 액자처럼 담는다. 일 년 내내 대자연이 만들어 내는 환상적인 조각보 작품에 감탄을 금할 길이 없다. 공중에서 내려다 본 모습은 제주의 농경지를 아일랜드의 애런 제도로 착각하게 할 정도다. 두 곳의 밭담 모두 너울거리는 파도처럼 논밭을 넘실대며 지난다.

산중턱의 농지나 산비탈에 가면 네모난 돌담으로 봉분을 보호하고 있는 가족 묘지를 필시 마주치게 된다. 그런 산비탈의 돌담은 과거 제주의 이름 모를 석공들이 무거운 돌을 등에 지고 날라서 하나하나 솜씨 좋게 쌓은 것들이다. 지금까지도 많은 돌담들이 여전히 시멘트나 흙반죽 없이 마른돌담으로 지어지고 있다. 이렇게 하면 돌들 사이의 빈 공간으로 바람이 통해서 담이 무너지지 않는다. 돌담 쌓기는 하나의 기술이자 예술로, 하나하나의 돌담은 각 석공이 남긴 거친 서명과도 같다.

집을 짓기 전에 나는 미국의 석공 댄 스노우가 쓴 〈돌이 하는 이야기Listening to Stone〉를 읽었다. 그 책에는 이런 글귀가 있다. "돌을 하나하나 쌓아 나가다 보면 돌이 하는 이야기가 손을 통해 전해져 온다. 인간에게 가장 오래된 감각인 촉각이야말로 돌의 언어를 가장 민감하게 감지해 낼 수 있기에… 완성된 구조물은 하나의 석화된 생각이다. 담장 안에는 담장을 쌓는 동안의 모든 순간들이 담겨 있다. 그 순간들은 돌이 놓일 때 돌들 사이로 비집고 들어가 숨겨진 메시지처럼 그곳에 남아 있다. 완성된 담장의 특징은 돌 자체만이 아니라 돌들 사이의 빈 공간으로도 규정된다."

우리집을 짓는 데 고용된 석공들은 제주 태생으로 60대 후반에서 70대 초반의 노인들이었다. 그들은 너무 더워지기 전에 일하려고 대개 오전 7시 30분이면 벌써 현장에 도착했다. 겨우 생존만 가능할 정도의 한국어 실력이었지만 우리는 그들과 이야기하는 것이 좋았다. 대개는 주로 그들이 일하는 모습을 지켜 보았다. 과거 한국이 살기 어려웠던 시절에는 일거리가 별로 없었기에 지금의 나이든 석공들은 거의가 현무암을 자르고, 다듬고, 쌓는 법을 독학으로 배운 사람들이다.

다양한 크기와 무게, 모양, 질감의 현무암 덩어리들이 쌓여 있는 모습을 상상해 보라. 석공들은 망치와 정으로

퍼즐 조각을 만들기 시작한다. 보통 큰 돌부터 쌓고 빈 공간에 작은 돌들을 채워 넣는다. 그 과정은 계획적이면서도 우연적이다. 그들의 판단은 경험과 엉뚱한 발상에 따라 좌우된다. 때로는 그들이 비밀 암호로 돌과 교신하는 듯하기도 하다. '어떤 돌을 고를까?' '얼마나 많이 깎아 낼까?' '이 자리엔 돌을 어떻게 끼워 넣지?' 그들은 먼저 무릎을 굽히고 심호흡을 한 뒤 장갑 낀 두 손으로 영차 무거운 돌을 들어올린다.

"어이쿠!" 한 인부가 소리쳤다. "고놈 참 무겁네!"

"허리 안 아프세요?"

"아뇨, 숙달돼서 괜찮아요." 그는 이마의 땀을 훔치며 대답했다.

석공들에게는 비대칭형인 우리 대지의 경계에 돌담을 쌓고 내가 황토방으로 개조한 옛 외양간의 기존 돌담을 보강하는 임무가 주어졌다. 한번은 석공 세 명이 서로 다른 위치에서 동시에 담을 쌓아 올린 적이 있다. 각각의 돌담을 따로따로 보면 독특한 모자이크 같아서 그런 대로 괜찮았다. 그러나 전체적으로 합쳐 놓고 보면 어딘가 영 이상했다.

다음날 현장에 나가 보니 담장의 일부가 사라지고 없

었다. "제가 그랬어요." 우리 시공자가 메시지를 보냈다. 그도 마찬가지로 처음 결과물이 마음에 안 들었던 것이다. 우리보다 미적 기준이 높은 문정환 씨는 석공들에게 담장의 전면부를 다시 작업하도록 했다. 나중에 우리는 보다 나은 결과물을 확인할 수 있었다.

담장을 완성하고 남은 자잘한 돌들은 현장에 남아 있었다. 우리는 옮기기 쉬운 가벼운 돌들을 주워다가 텃밭과 꽃밭의 경계석으로 삼았다. 우리집 내부와 대지 경계선에 세워진 돌담은 자신들이 한라산 신화의 한 부분임을 그리고 한라산의 돌과 동일한 지질학적 DNA를 지니고 있음을 끊임없이 상기시킨다. 그 돌 하나하나엔 5천 년 전에 일어난 마지막 화산 분출의 기억과 고금古今을 아우르는 늙은 제주 석공들의 서명이 새겨져 있다.

이 돌들에 비하면 나는 이제 겨우 70년밖에 안 된 작은 모래알에 지나지 않는다.

노출 서까래

미국에서 살 때 나는 천장의 서까래가 노출되어 있는 집에서 자랐다. 천장을 올려다 볼 때면 이리저리 맞물린 들보와 서까래의 아름다움에 빠져서 한동안 시선을 떼지 못하곤 했다. 천연의 나무에서 우러나오는 자연미와 나무들을 엮어 낸 솜씨가 어찌나 인상 깊었던지 그후로도 오랫동안 '노출 서까래'는 마음에 드는 건축 방식의 하나로 내 기억에 남아 있었다. 그래서 제주도에 와서 전통 돌집을 개조한 카페와 펜션에 남아 있는 옛 서까래의 모습을 보았을 때 나는 한눈에 반해버렸다. 그중에는 백 년이 넘은 것도 있었다.

과거 제주의 부유한 건축주들은 값비싼 재목을 쓸 수 있었다. 하지만 여유가 없는 사람들은 적당한 값에 구할 수 있는 재료를 되는 대로 쓸 수밖에 없었다. 우리의 경우엔 선택의 여지가 없었다. 그 집에 남아 있는 천장의 목재들이 하나도 성한 것이 없었기 때문이다. 싸구려 목재로 제작되어 이미 다 썩어버렸거나 흰개미에 갉아 먹힌 상태였다. 그나마 예전 외양간의 작은 서까래만은 살릴 수 있었다.

문정환 씨는 우리집 서까래를 삼나무로 만들고 나서 동백기름을 바를 예정이라고 했다. 감귤농장의 방풍림으로 널리 사용되고 있을 만큼 삼나무는 제주도에서 가장 흔한 수종이다. 때문에 현지에서 자재를 구하는 건 어렵지 않았다. 문제는 능숙한 작업자를 찾는 일이었다.

서까래와 보 공사는 크리스마스날 시작되었다. 산타클로스와 네 요정이 이른 아침부터 우리집을 찾아 왔다. 다들 다운 점퍼와 털모자로 무장을 하고 있었다. 문정환 씨가 쭈그리고 앉은 사람들 가운데서 시멘트 바닥에 빨간 색연필로 도안을 그리기 시작했다. 우리집 서까래와 보가 전통 돌집에 비해 크고 무거운지라 그는 십장과 함께 목재의 배열과 작업의 진행순서를 어떻게 할지 의논했다. 우리집 지붕의 다양한 경사에 맞추어 여러 세트의 트러스(직선으로 된 여러 개의 뼈대 재료를 삼각형이나 오각형으로 얽어 짜서 지붕이나 교량 따위의 도리로 쓰는 구조물)를 제작해야

만 했다.

우리는 그들이 틀을 짜나가는 모습을 경외스러운 눈길로 바라보았다. 바닥에서 트러스 한 세트를 제작하여 위로 들어올려 보고 난 뒤 그들은 더 이상 그런 힘겨운 방법을 쓰지 않기로 했다. 대신에 작업자 두 명은 꼭대기에 남아 있고 나머지 사람들이 목재를 재단하여 건네 주는 방식으로 바꾸었다. 젊고 힘이 좋아서 그런지 그들은 바람에 휘청거리거나 넘어지지 않고 건물 꼭대기를 잘도 돌아다녔다. 공중을 오가는 그들의 모습은 마치 곡예사 같았다.

트러스가 하나하나 완성되어 제자리를 찾아가자 마치 공중에 파란 하늘을 담은 액자가 내걸린 것 같았다. 서까래의 그림자는 빛의 방향에 따라 시멘트 벽에 그때그때 다른 그림을 그려 냈다. 그 까만 선들이 마치 추상 표현주의 화가 프란츠 클라인의 대담한 붓놀림 같았다. 덧없이 사라져버리는 찰나의 예술. 공정이 그만큼 진행될 때까지 나는 트러스가 짜여지는 모습을 볼 때만큼 흥분되었던 적이 없다. 미완성으로 하늘을 향해 노출된 목구조물의 모습은 아름다움 그 자체였다.

이런 작업에는 정확성과 계획성이 수반되어야 함에도

우리집의 공사는 다소 불안정하게 진행되었다. 기상 조건이나 다른 요인들 때문에 공사가 불쑥불쑥 중단되곤 했다. 문정환 씨는 그 일이 얼마나 까다로운지 강조라도 하듯 걸핏하면 고개를 저어 보였다. 하지만 지붕의 골조 작업이 마무리되고 나자 그는 무척이나 뿌듯해했다 "훌륭하네요. 하지만 또 하라면 못할 것 같아요." 그는 고개를 절레절레 저었다.

매일 아침 잠에서 깨면 내 눈에 가장 먼저 들어오는 것이 이 노출 서까래다. 우리가 흔해 빠진 납작한 천장으로 서까래를 덮지 않은 것은 참으로 잘한 결정이었다. 온돌 난방에 천장을 높게 하면 겨울에 웃풍이 심해질 수 있다는 걱정 따위는 하지도 않았다. 우리는 전통 돌집의 건축적 요소를 최대한 많이 간직하고 싶었다. 천장의 나무 골조를 하나하나 뜯어보면서 감탄하다 보면 나는 지금도 찬바람에 발갛게 튼 젊은 인부들의 얼굴과 윙윙거리며 돌아가던 톱 소리가 떠오른다. 문정환 씨와 인부들이 무거운 목재를 들어올리던 모습과 치수를 어떻게 할지, 어떤 식으로 전체 구조를 짜맞출지 상의하던 모습이 눈에 선하다. 그 기억은 내가 두 아이를 임신하고 자연분만하던 순간들을 모두 세세하게 기억할 수 있는 것처럼 우리집 그

삼나무 서까래가 파란 하늘을 배경으로
늠름한 모습을 드러낸다.

석구석에 생생히 아로새겨져 있다.

서까래가 완성된 후 재미난 만남이 있었다. 나이 지긋한 인부 한 명이 어느 날 나무에 동백기름을 칠하러 왔다. 그는 그 기름이 아주 좋은 것이라며 먹거나 피부에 발라도 된다고 했다. 내가 동백기름 먹은 나무색을 좋아한다고 말하니 그가 너스레를 떨었다. "기름을 안 입히고 그냥 둬도 세월이 흐르면 절로 색이 변해서 댁의 손주와 증손주가 클 때쯤엔 아주 보기 좋아질 겁니다." 나는 웃음을 터뜨렸다. "아저씨, 이 허옇게 센 머리 좀 보세요. 제가 그렇게 오래 기다릴 시간이 있겠어요? 저는 지금 당장 서까래가 예쁘게 보이면 좋겠어요."

버지니아 울프 - 자기만의 방

나는 적막감을 즐긴다. 작가로서도 정신을 산란하게 하는 것들로부터 나 자신을 보호할 필요가 있다. 그러지 않으면 무지개 띠가 둘러진 팽이처럼 머리가 핑글핑글 돈다. 나만의 공간과 고요함이 내게는 무척 소중하다. 작가이자 페미니스트였던 버지니아 울프의 에세이 〈자기만의 방〉에서 그녀는 '여자가 소설을 쓰려면 돈과 자기만의 방이 있어야 한다'고 강조했다. 내가 소설을 쓰는 작가는 아니지만 그 충고가 다른 장르의 작가들이나 일반 여성들에게도 적용될 수 있다는 데 분명 그녀도 동의하리라 믿는다. 남녀가 짝을 이루는 일도 숭고하지만 개개인에게는 여전히 고독한 사색의 시간이 필요하다.

남편과 나는 항상 맞벌이로 생계를 꾸려 왔다. 둘 다 서로의 직업 생활을 응원했고 그로 인한 덕도 보았다. 열여섯 살 때부터 일을 하기 시작해 예순 살을 넘긴 나는 미국의 노동자로 오래 일한 대가로 사회보장연금을 받는다. 나는 돈통으로 쓰는 내 조그만 커피통을 채울 수 있는 매달 셋째 수요일이 그렇게 기대될 수가 없다. 내 용돈은 그렇게 연금으로 충당이 된다.

20년도 더 전에 버지니아 울프의 에세이를 읽고 난 뒤부터 나는 나만의 공간을 고집해 왔다. 어디로 이사를 가든 내 개인적인 공간으로 쓸 수 있는 방을 마련하려 했고, 그게 여의치 않으면 차고 한 귀퉁이라도 쓰겠다고 했다. 하지만 이처럼 사적인 영역을 가져야겠다는 생각은 사실 버지니아 울프의 에세이를 읽기 전부터 하고 있었던 것이다. 어린 시절 LA의 침실 2개짜리 아담한 집에서 살 때, 아버지는 식당 옆의 작은 방을 우리 두 자매의 '놀이방'으로 정해 주셨다. 우리는 그곳에서 종이인형과 보드게임, 봉제인형을 가지고 놀았다. 방이 지저분해지면 우리는 널브러져 있는 장난감들을 아버지가 달아 주신 선반에다 정리했다. 잡동사니를 정리하고 분류하는 법을 나는 이런 식으로 처음 배웠던 것 같다. 그 놀이방은 우리만의 사적인 공간으로, 어른들은 출입금지였다.

애월에서 다 쓰러져 가는 돌집과 마주쳤을 때, 나는 난

박에 외양간 건물이 마음에 들었다. 얼기설기 낮게 얽혀 있는 천장의 목재들, 여물통 두 개, 다섯 면으로 이루어진 돌벽... 심지어 전에 소를 맨 새끼줄을 묶어 두기 위해 콘크리트에 박아 놓은 쇠고리마저도. 아버지가 버지니아 울프의 에세이를 읽어보셨을 리는 없지만 본능적으로 아셨던 것 같다. 당신만큼이나 딸들도 자기만의 공간을 가질 자격이 있음을. 아버지는 그런 공간을 허락해 주셨다. 외양간을 보자마자 나는 선언했다. "여기를 내 놀이방으로 삼겠어."

안타깝게도 본채 건물 두 동은 상태가 너무 안 좋아서 허물 수밖에 없었다. 과거 제주도의 가족들은 하나의 대지에 두 동의 건물을 지었다. 하나는 안채, 좀 더 작은 건물은 젊은 부부를 위한 별채였다. 장남이 결혼을 할 때까지는 보통 부모가 안채를 썼다. 그러다가 장남이 결혼을 하고 나면 신혼부부와 거처를 바꾸었다.

한국 육지의 시부모들과 달리 제주의 시부모들은 보나 독립적이고 현실적이어서 장남 가족과 같은 땅에 살긴 했어도 건물은 따로 썼다. 우리는 기존의 건물 두 동을 허문 자리에 잰의 사무실을 달아 L자형으로 새집을 설계했다.

그대로 보존하여 치유의 공간으로 개조할 수 있는 곳

은 가로 3미터 세로 3미터짜리 외양간 건물뿐이었다. 친구 순자는 그곳을 휴식과 해독을 위한 황토방으로 꾸밀 것을 추천했다. 광물의 일종인 황토는 흙에 함유된 방사선을 통해 음이온을 내뿜는다. 이런 음이온은 주로 산과 숲, 바다와 폭포 같은 자연에서 발생한다. 우리가 대자연과 가까이 할 때마다 상쾌한 기분이 드는 건 어쩌면 당연한 일이다. 지금 나는 이 방에서 이 산소 원자도 듬뿍 흡수하여 면역 체계를 개선하고 있다. 친구들은 오다가다 들러서 원기를 충전할 수 있겠다며 좋아라 했다.

그것말고도 나는 가정용 찜질방을 만들 수 있는 한국식 온돌 난방을 원했다. 그 공간에 화실이나 갤러리를 꾸며 보라고 권하는 친구들도 있었지만 어차피 나는 그런 것들을 전부 다 이 방에서 할 수 있을 것 같았다. 해독과 명상, 차 마시기, 글쓰기, 수다 떨기 등등 뭐든지 다.

외양간 개조 작업은 맨 뒤로 밀렸다. 당연히 본채가 우선이었다. 잰은 자신의 널따란 사무실과 한라산이 보이는 창문에 흡족해했다. 의자만 빙그르르 돌리면 친구들의 추천으로 정원에 심어 놓은 자두나무와 모과나무, 단풍나무, 주목도 내다볼 수 있었다. 계절별로 좋은 나무를 한 가지씩 고른 것이다. 외양간 개조 작업이 마무리될 때까지 나는 주방에 임시 사무실을 두고 대부분의 글쓰기 작업을 그곳에서 했다.

조바심을 달래 보려고 나는 미니멀 라이프의 장점을 찬양하는 유투브 동영상들을 수도 없이 보았다. 친구들이 다른 건축주의 경험담을 엿볼 수 있는 책들도 추천해 주었다. 나는 실내 공간을 어떻게 꾸밀지 그려 보기 시작했다. 은은한 조명, 대나무 자리와 보료, 방석, 자기 찻잔 등등. 개조 과정의 각 단계도 기록으로 남겼다. 들보 올리기, 벽체 단열 작업, 천창 설치, 황토 바르기, 온돌 바닥 놓기, 나무 문 칠하기, 기와지붕 올리기... 문정환 씨는 외양간을 개조하는 작업이 나에게 얼마나 큰 의미가 있는지 잘 알고 있었다. 작업을 하면서 그는 장식용 옵션과 실용적인 옵션들을 제시했다. "황토벽을 매끄럽게 할까요 아니면 질감을 살릴까요? 작은 개수대를 하나 놓게 배관을 추가할까요?"

새해를 맞아 마침내 나는 바닥을 뜨끈뜨끈하게 데우고 친구들과 함께 찜질 체험을 개시할 수 있었다. 우리는 해질녘에 옹기종기 모여 앉아 쫀득한 떡과 함께 뽕잎차를 마셨다. 한때 지독한 똥 냄새를 풍겼을 외양간은 이제 태운 세이지와 제주 감귤향이 그윽한 곳으로 새롭게 태어났

다. 겨울에 따뜻한 바닥에 누워서 천창을 통해 흘러가는 구름을 바라볼 때면 나는 아버지와 버지니아 울프, '인내는 쓰고 열매는 달다'는 말을 남긴 아리스토텔레스의 영령들을 부르곤 한다.

기와지붕

　기와지붕만큼 나와 우리 시공자의 속을 썩인 게 또 있을까. 맞물린 모양새와 돌출된 처마를 특징으로 하는 한국의 이 전통적인 건축 요소는 그 역사가 무려 기원전 1세기로 거슬러 올라간다. 기와지붕을 얹으면 토속적이면서도 현대적인 우리 돌집에서 시선을 확 사로잡는 매력 포인트가 될 거라는 순자의 말에 나도 공감했다. 섬의 다른 집들은 지중해식 기와나 아스팔트, 세라믹, 목재나 금속재를 사용해 지붕을 얹고 있었다. 기와는 그 자체만으로도 멋지지만 우리에게 한국의 전통문화를 계승할 수 있는 한 방법이기도 했다.

　기와는 실용성 면에서도 뛰어나다. 맞물려 쌓인 기왓장들은 냉기와 바람, 빗물이 집안으로 스며드는 것을 방지해준다. 처마는 끝이 살짝 들어올려진 모양으로 돌출되어 있어서 겨울에는 집에 햇빛이 잘 들게 하고 여름에는 그늘을 드리워 준다. 한국의 전통 흙기와는 유기적으로 연결된 형태미와 실용성뿐 아니라 정교하고 수려한 디자인까지 갖추고 있어서 우리 마음에 꼭 들었다. 일례로 둥그런 수막새(수키와가 쭉 이어져 형성된 기왓등의 끝에 드림새를 붙여 만든 기와)에는 흔히 연꽃 무늬나 무궁화 무늬가 들어가고, 기다란 곡선형의 암막새(암키와가 쭉 이어져 형성된 기왓골의 끝에 드림새를 붙여 만든 기와)에는 흔히 꽃을 사이에 두고 서로를 향해 날아가는 두 마리의 봉황 무늬가 들어간다. 우리 기와에 새겨진 봉황들은 서로 입맞춤을 하는 듯한 모습을 하고 있다.

대개의 경우 우리는 공사가 지연되더라도 잘 감내했다. 그러나 지붕의 외부골조 보호를 위해 합판과 단열재를 설치해 놓고도 예기치 못한 기왓장 배달 지연으로 6개월이나 더 기다려야 했을 때는 정말이지 인내심의 한계를 느꼈다. 어떨 땐 우주의 기운이 우리를 뜯어말리고 제주의 신령들이 고집 피우지 말라며 경고를 하는 것은 아닐까 하는 별별 생각이 다 들었다. 잰은 눈비에 단열재가 상하면 어쩌냐며 걱정이 이만저만이 아니었다. 이웃과 친구들이 "지붕 아직도 안 됐어?"라고 물을 때마다 나는 뭐라고 대답을 할지 난감했다.

급기야는 포기해버릴 뻔도 했다. 날씨가 점점 차가워지고 있었다. 겨울이 가까워 올수록 눈비가 잦아질 게 뻔했다. 절망적인 심정으로 나는 문정환 씨에게 문자를 보냈다. "육지에서 기와를 실어오는 게 불가능하거나 숙련된 와공을 구할 수 없으면 징크판넬로 하는 것도 고려해 볼 수 있어요. 시간이 하염없이 가네요. 어떻게 생각하세요?" 진심으로 그러고 싶었던 건 아니다. 하지만 건축주로서 고민이 깊었던 당시엔 한 가지만 끝끝내 고집해서는 안 될 것 같았다.

잰은 자꾸만 나를 설득했다. "너무 빡빡하게 굴지 마. 대안도 고려해 봐야 해." 전통 기와에 대한 나의 집착만 놓아버리면 근심에서 놓여날 수 있을지도 몰랐다.

문정환 씨는 생각해 보겠노라고 했다. 다행히도 그는 우리의 원안을 포기하지도, 대안에 동의하지도 않았다.

공사 지연의 마지막 사유였던 2016년 10월의 태풍 차바가 지나가고 한 달 뒤 육지와 제주도 사이의 수송이 재개되었다. 그러나 자재를 구한다고 해서 모든 문제가 해결되는 것은 아니었다. 기와를 얹어 줄 숙련된 와공도 구하기가 힘들었다. 설사 제주도에 그런 와공이 있다 해도

완성된 기와지붕은

비에 젖고 눈을 맞으리라.

그리고

여름의 태풍도 이겨 내리라.

우리집 일은 규모가 작아서 그들에게 맨 뒷전으로 밀리게 될 것이 뻔했다. 결국 우리는 육지에서 숙련된 와공 세 명을 공수해 왔다. 자재와 인력이 마련되어도 기와 작업을 하려면 나흘 연속 맑은 날이 필요했다. 그건 거의 기적에 가까운 일로, 지금까지의 악재와는 정반대의 엄청난 행운이 따라야 했다.

세 와공이 섬에 왔던 날의 기억이 지금도 생생하다. 문정환 씨가 와공들의 도착을 문자로 알려 왔다. 그들은 다음날 자신들이 어떤 일을 하게 될지 궁금해서 미리 공사 현장에 들러 보고는 서로 수군거리며 고개를 저었다. 그중 한 명이 말하기를, 자기들이 서울에서 날아온 것만 아니면 우리 일을 다시 생각해 봤을 거라고 했다. 우리집 지붕과 현관의 독특한 배치 때문에 예상보다 일이 까다로웠던 모양이다.

다음날 아침 본격적인 작업이 개시되었다. 그런데 처음부터 또 다시 난관이 닥쳤다. 엄청난 양의 기왓장을 실은 대형 화물차가 우리집으로 통하는 좁은 골목길로 들어올 수가 없었던 것이다. 하는 수 없이 우리는 큰 차를 한길가에 세우고 소형 화물차를 빌려 대문 앞까지 기왓장을 다시 실어 와야 했다. 거기서부터는 와공들이 손수 기왓장을 마당 안으로 날랐다. 기왓장을 차곡차곡 쌓아놓은 뒤 와공들은 지붕에 수키와와 암키와를 한 줄씩 번갈아 가며 깔기 시작했다.

우리는 기다려 마지않던 지붕 얹기 작업 광경을 동영 상으로 촬영해 두었다. 진흙과 시멘트를 섞어서 용마루 를 고정하는 작업도 카메라에 담겼다. 와공 한 명은 지붕 위로 올라가고, 두 명은 아래에 남아서 작업했다. 첫 번째 사람이 진흙을 주먹만 하게 뭉쳐서 두 번째 작업자에게 건네면, 그는 다시 이것을 지붕 위의 동료에게 던져 주었 다. 그들은 박자에 맞추어 척척 작업을 해나갔다. 와공들 이 휴식을 취할 때마다 우리는 커피와 간식거리를 넉넉히 대접하여 그들이 체온을 유지하고 기운을 회복할 수 있도 록 했다. "감사합니다, 감사합니다." 우리는 연신 고마움 을 표했다.

그 최종적인 결과물이 어찌나 극적으로 변했던지 우리 는 지붕이 전에 어떤 모습이었는지 기억도 안 날 정도였 다. 여전히 아담한 크기의 돌집이라는 사실에는 변함이 없었지만 기와를 올리고 나니 어쩐지 집이 확 웅장해진 느낌이었다. 처음엔 이웃들이 어떻게 생각할지 몰라 신경 이 쓰였다. 그러나 한 명 한 명 다니러 온 사람들이 다늘

좋다며 찬사를 아끼지 않았다. 몇 달 뒤 인근의 다른 네 집이 동시에 새로 집을 짓거나 보수에 들어갔다. 우리 뒷집은 자기집 시멘트 기와를 청소하고 우리집 회흑색 기와에 맞추어 새로 칠을 했다. "보세요, 우리집 지붕도 똑같아 보이죠?" 이웃집 주인의 말에 나도 화답해 주었다. "네, 보기 좋네요!"

나는 매일같이 눈을 들어 우리집 지붕의 끄트머리를 장식하고 있는 막새기와를 바라본다. 기왓장 하나하나마다 인내와 충성의 상징인 무궁화가 돋을새김되어 있다. 무궁화는 꽃이 시들면 꽃잎이 따로따로 떨어지지 않고 꽃송이가 한꺼번에 통째로 떨어진다. 우리 마을의 이웃들도 그렇게 서로를 보듬으며 함께 늙어가면 어떨까? 꼭꼭 맞물려 있는 저 기왓장들도 언젠가는 산산이 부서져서 쓸모없는 잔해로 실려가게 될 날이 올까?

제3부

마을에 물들다

미국 교외에서의 삶과 한국 어촌 마을에서의 삶은 생활방식이 크게 다르다. 낯을 좀 가리는 편이었지만 우리는 이 어촌 마을을 제대로 알고 싶었다. 외국인인 우리가 새로운 이웃들과 친밀한 관계를 맺을 수 있을지도 궁금했다.

애월로 이사한 날은 공사를 시작한 지 9개월여 지난 2016년 6월 25일이었다. 나는 기대감에 부풀었다. 아직 공사가 덜 끝나서 앞으로도 단열한 지붕에 흙기와를 올리고, 대문을 달고, 페인트칠에 조경도 해야 했다. 문정환 씨는 일정에 따라 공사를 진행해 갔다. 전기, 수도, 주방 설비, 욕실, 인터넷 연결이 다 되어 있어서 사는 데는 큰 문제가 없었다.

작은 아파트에 있던 얼마 안 되는 세간만 옮기면 되었

기에 우리는 굳이 이삿짐 센터를 이용하지 않았다. 우리 차로 네 번을 오가니 냄비와 팬, 조미료, 이불, 옷가지, 수건, 세면용품 같은 기본적인 살림살이가 다 옮겨졌다. 가구는 이사 전날 배달되도록 날짜를 맞춰 놓았다. 가재도구의 배치는 손녀 졸레나가 도와 주었다. 졸레나는 집안 정리와 집 꾸미기의 달인이라 "할머니, 그 그림은 저기다 걸어요. 그릇들은 여기에 넣고요" 하며 솜씨를 발휘했다.

이사라면 우리는 이골이 나 있는 사람들이었다. 결혼생활 내내 수없이 이곳저곳을 옮겨 다니며 살았기 때문이다. 그러나 이번 이사는 과거의 이사들과는 달랐다. 이제는 영어를 하는 사람이 하나도 없는 평균연령 예순 살 이상의 전통 어촌 마을로 들어가는 것이었다. 우리가 그 동네에 집을 산 걸 의문스러운 눈초리로 바라보던 이웃들은 잔해와 폐기물로 가득하던 폐가가 현대적인 제주 전통 돌집으로 재탄생하는 모습을 보고는 기쁨을 감추지 못했다. 한 이웃은 엄지손가락을 치켜올려 보이기까지 했다.

새집으로 이사한 뒤 우리는 곧바로 먼저 이웃들에게 다가갔다. 그들도 기꺼이 우리를 맞아 주었다. 심지어는 완공된 우리집을 보고 자극을 받아 네 집이나 쇠락한 자신들의 집을 뜯어고치기도 했다. 우리는 마을 전체를 보기 좋게 만들어가는 서로의 노력을 응원해 주었다. 우리의 부족한 한국어 실력에도 불구하고 이웃들은 문화적 조언과 과거 역사에 대한 설명을 아끼지 않고 선물도 가져다주었다.

우리 마을의 골목길은 거미줄처럼 얽혀 있어서 주민들이 이 길 저 길로 자유롭게 다닌다. 집들도 일렬로 배열된 것이 아니라 한군데 무리지어 있다. 사정이 이렇다 보니 길을 가다가 우연찮게 우리집 앞을 지나게 되는 경우가 생긴다. 한 친구는 제주도에선 모르는 사람들이 집에 불쑥 찾아오는 경우가 있으니 놀라지 말라고 귀띔해 주기도 했다. 찾아와서 흔히들 하는 말은 "집 좀 구경해도 될까요?"다. 마을 주민들은 대문을 잠그지 않고 외출하는 경우가 많다. 택배 기사는 택배 상자를 집 안까지 가지고 들어와서는 놓고 간다. 대담한 방문객들은 창문을 똑똑 두드리고는 "계세요?" 하고 소리친다.

우리는 밤에만 문을 잠그는데 한국은 총기소지가 불법이어서 미국에 있을 때보다 오히려 더 안전한 느낌이다. 옛날에 제주도는 거지, 도둑, 대문이 없는 3무의 섬으로 불렸단다.

우리집에도 마당을 둘러싸고 있는 담장에 나무 대문이

있기는 하지만 낮에는 늘 문을 열어 둔다. 만약 우리가 새해에 문을 닫아 놓았더라면 이웃집 할머니가 우리집에 들어와서 자기집의 안 쓰는 평상을 가져다 쓰라는 말은 전하지 못했을 것이다.

"우리집 평상 가져다 써요. 우리집은 비좁아. 이 댁 마당에 두면 딱이겠구먼."

마을 주변에는 매일 운동할 수 있는 곳이 많다. 몇 걸음만 걸어 나가면 바닷가를 거닐거나 근처 오름을 등반하거나 가까운 절을 찾아 조용히 사색을 할 수 있다. 특별한 기념일이면 우리는 자주 제주시나 한림읍으로 차를 몰고 나가 전통 오일장에서 장을 본다. 매주 나는 친구 두 명과 함께 식사를 하고, 그림을 그리고, 공예품을 만들고, 서로에게 영어와 한국어를 가르쳐 준다.

지역사회에 적극적으로 가담하다 보니 소속감이 생겼다. 그러나 친목이 두터워지면서 슬픈 그림자가 드리워진 과거의 아픔에 대해서도 알 기회가 생겼다. 이웃의 김종호 씨는 거의 한평생을 애월에서 산 분이다. 그는 제주 4·3민중항쟁(1947~1954) 사건 당시 자기 가족에게 일어났던 참사를 들려 주었다. 그리고 우리집 뒤편에 있는 거대한 돌담이 옛날에 외세의 침략을 물리치기 위해 쌓은 요새였다는 사실도 알려 주었다.

그 밖에도 나는 아일랜드 선교사들처럼 제주 역사에 긍정적인 기여를 한 분들에 대해서도 알게 되었다. 존경받는 사제였던 패트릭 맥글린치 신부와 성골롬반 외방선교회의 로자리 맥티그 수녀는 한국전쟁 이후 한림읍에 성당을 세우고 방직공장 신용협동조합을 설립했다. 운 좋게도 나는 이 두 분을 모두 만날 수 있었다. 맥글린치 신부는 제주도에서, 맥티그 수녀는 2015년 선종하시기 전 아일랜드에서 만나 뵈었다.

제주도에서 살려면 늘 태풍 차바 같은 사이클론에 대한 대비가 되어 있어야 한다. 우리집에는 생수병, 양초, 라면, 참치캔이 쌓여 있다. 태국에서 쓰나미를 만났을 때도, 미국에서 폭동과 지진이 일어났을 때도 살아남은 우리지만, 몰아치는 비바람에 소나무가 쓰러지고, 철문이 떨어지고, 돌담이 무너지는 소리에 잠을 깨어본 적은 없었다. 태풍이 지나간 뒤 우리는 폭풍우가 마을에 남기고 간 처참한 흔적에 입을 다물 수 없었다. 주민들은 당황한 기색도 없이 두런두런 이야기를 주고받으며 부서진 잔해를 쓸어 내고 철문을 다시 달았다. 그들은 아열대 지방의 마을에 으레 닥치는 이런 피해에 익숙한 모양이었다. 한편 새롭게 그들의 외국인 이웃이 된 우리도 그 모든 현실을 받아들이며 동네 주민으로서의 소속감을 한 뼘 더 키웠다.

집들이 선물

지금껏 내가 집들이 선물로 주로 가져갔던 것은 꽃, 와인, 리넨 제품, 양초 따위다. 하지만 제주도에선 허례허식을 차리지 않아도 된다. 한국 사람들은 집들이 선물을 할 때 실용성을 훨씬 더 중시한다. 몇 해 전 나는 김녕읍으로 새로 이사한 친구의 집에 초대를 받은 적이 있다. 택시기사가 동네 시장에 들러서 선물을 사가라고 권했다. 나는 그에게 돈을 주며 적당한 것으로 골라서 사달라고 부탁했다. 배 상자나 매실주, 유채꿀 같은 걸 사오겠지 했는데 아니었다. 그는 30롤짜리 커다란 두루마리 휴지 꾸러미와 가루세제 한 상자를 가지고 차로 돌아왔다.

"그게 뭐예요?"

"집들이 선물이요."

"정말요? 두루마리 휴지가요?"

그는 한국에선 새집으로 이사한 사람들에게 손님들이 건강과 행운, 부귀를 바라는 마음을 표현하는데, 두루마리 휴지는 장수와 건강을, 세제는 청결과 새출발을 상징한다고 설명해 주었다. 욕실에 행운과 부귀가 넘치게 할 수 있다면 휴지는 많을수록 좋은 법!

공사에 들어가기 전부터 나는 이웃들이 어떤 사람인지 알고 싶었다. 듣기로는 시골에서 살면 이웃집에 숟가락이 몇 개인지까지 알게 된다고 했다. 자칫 첫 단추를 잘못 꿰었다가는 든든하게 뒤를 봐줄 수 있는 사람들을 등돌리게 만들 수도 있었다. 제주 토박이 친구 순자가 동네들 돌며 우리를 이웃들에게 소개해 주었다. 순자는 우리가 재미교포 3세로 조부모님이 과거 해외에서 조국의 독립운동을 지원하셨으며, 잰은 유엔에서 일했고, 나는 해녀에 대한 책을 쓴 것은 말할 것도 없고 동네 중학교에서 자원봉사도 할 계획이라며 우리 부부를 한껏 치켜세웠다. 우리가 불법체류자나 도둑, 소란스러운 난봉꾼이 아니라는 순자의 주장은 허옇게 센 우리 머리가 뒷받침해 주고 있었다.

우리집이 속한 구역에는 집이 여남은 채밖에 없어서 이웃들을 사귀기가 그리 어렵지 않았다. 친밀한 분위기 탓에 이웃들은 일 년여의 공사 기간 동안, 맨 처음 콘크리

트 블록 건물을 허물었을 때부터 외양간을 작가용 별채로 개조할 때까지 우리집이 지어지는 모든 단계를 다 지켜보았다.

우리가 이사를 들어가고 나자 우리집 마당을 가로지르는 이웃들의 행렬이 줄을 이었다. 실제로 두루마리 휴지를 갖다준 사람도 있었고, 머핀과 빵을 가져온 이도 있었다. 또 이 빠진 접시에 삶은 감자 세 개를 담아다 준 이도 있었는데, 이른 아침이어서 달걀과 소시지를 먹는 우리 아침식사에 곁들이기에 더할 나위 없이 좋았다. 한번은 길 건너에 사는 아주머니가 우리집 문간에 서서 "여기요, 여기요. 집에 누구 없어요?" 하고 소리를 쳤다. 내가 웃는 낯으로 맞이하자 그녀는 내게 수건을 재활용해 만든 행주를 건넸다. 어린 시절 LA에 살 때 할머니가 재활용해 쓰시던 그런 행주와 똑같았다. 한 할아버지는 미역이며, 무청 잔뜩 달린 무며, 옥수수가 담긴 비닐봉지를 몇 번이고 가져다 주었다. 옥수수는 그집 텃밭에서 수확한 것이고, 미역은 바닷가에 자전거를 타고 나갔다가 따온 것이었다.

이 동네 방식에 따라 우리도 여름 끝물에 수확한 상추를 이웃들에게 가져다주었다. 그중 한 할머니가 집에 없어서 상추 봉지를 아들에게 전해 주고 온 적이 있는데, 이

틀 뒤 그 할머니가 우리집 문앞에 땀을 뻘뻘 흘리면서 나타났다. 할머니는 안으로 들어오라는 내 권유에 서슴없이 집 안으로 발을 들였다. "아아, 시원하고 좋다." 아주 낮은 온도로 설정된 대형 에어컨을 두고 한 말이었다. "벌써 두어 번 왔다 갔는데 집에 안 계시더라구. 이 댁이 상추 가져왔을 땐 내가 집에 없었고. 여기 이거 받으슈."

주방에 자리를 잡고 앉은 그녀는 내게 김치통 하나와 얼린 미역 두 봉지, 얼린 채소 두 봉지를 건넸다. 그러고는 마치 엄마라도 되는 양, 미역 한 봉지랑 채소 한 봉지는 바로 냉장고에 넣고 나머지는 빨리 먹으라고 일러 주었다. "채소는 기름 두른 팬에 볶아서 드슈. 참기름 넣고 무쳐서 먹어도 되고. 아니면 그냥 심심할 때 이렇게 간식으로 집어먹든가." 미역은 앞바다에서 딴 거라는 말도 덧붙였다. "아주 좋은 놈이여." 코끝에 맴도는 바다 내음으로 미역이 얼마나 싱싱한지 알 수 있었다.

"고마워요. 남편이랑 같이 잘 먹을게요."

"얼른 그거 냉장고에 넣어요." 할머니는 다시 채소와 미역을 가리키며 훈계했다.

며칠 후 할머니는 전보다 더 들떠서는 다시 우리집을 찾아왔다. 자녀들이 지금 자기가 사는 집을 허물고 앞으로 다섯 달 동안 2층집을 지어줄 거라고 했다. "공사하려면 땅을 밀어버릴 텐데 그 전에 우리집 잔디를 주고 싶어서. 잔디를 깔아야지. 지금은 흙바닥이잖아. 가져다 써요."

나는 생각해 주셔서 감사하다고 인사한 뒤 우리 시공자와 상의해 봐야 한다고 말했다. 공사를 계속하려면 땅을 비워 두어야 할 수도 있어서 괜히 그 댁 잔디를 낭비하고 싶지 않았다. 그날 저녁 잰과 나는 이웃들이 우리에게 베풀어 준 친절에 대해서 이야기를 나누었다. 미국에서도 집들이를 하기는 하지만 그때 가져가는 선물은 마지막 순간까지 구매를 미루다가 겨우 신용카드로 긁어서 사는, 가끔씩 열리는 호화로운 행사용이 되어가는 경향이 있다. 하지만 우리가 이웃들로부터 받은 선물은 그런 것이 아니었다. 감자, 미역, 채소, 잔디 모두가 가까운 땅이나 바다에서 난 것을 곧바로 가져온 것이었다. 그들의 선물은 상자에 포장되지도 리본이 달리지도 않은 채, 흙과 바닷물에 거칠어진 투박한 손으로 소박하게 전달되었다.

이웃 남자

처음 지금의 집터를 보러 왔을 때 우리는 전통 어촌 마을에서의 삶을 그려 보며 꿈에 부풀었다. 채 백 걸음도 떨어지지 않은 곳에 조그만 항구가 있었고, 이 항구는 다시 낡은 목선들이 정박되어 있는 더 큰 항구에 안겨 있었다. 하지만 어떤 집을 살지 말지를 결정해야 하는 짧은 기간 내에 그 이웃들의 배경까지 알아볼 겨를은 없다. 집은 고를 수 있지만 이웃은 고를 수 없는 것이다.

미국에서는 옆집에 누가 사는지도 모르거나 아예 관심조차 없는 경우가 많다. 그러나 제주의 전통 마을에서 살 때는 옆집에 누가 사는지가 중요하다. 낮은 돌담에 마당들이 노출되어 있어서 서로 자주 볼 수 있는 데다가 왕래도 잦다. 어느 날 아침 나는 마당에서 빨래를 널다가 옆집 할아버지와 눈이 마주쳐서 흠칫 놀란 적이 있다. 우리는 서로 얼굴을 마주한 채 무슨 말을 해야 할지 몰라 어색하게 서 있었다.

이웃들의 말에 의하면 옆집 노인은 그 집의 진짜 주인이 아니라고 했다. 그는 빈집을 지킬 목적으로 그곳에 공짜로 살도록 허락을 받은 사람이었다. 전기는 안 들어오고 쓸 수 있는 건 바깥의 수도꼭지 하나뿐이었다. 한때 '빈집 운동'이라는 것이 벌어졌던 시절이 있다. 이를 통해 사람들은 집을 보수하면서 사는 조건으로 빈집에서 5년 동안 살 수 있는 허가를 받았다. 노인도 그런 식으로 그 집에 사는 것인지 아니면 그 집의 소유주인 친척이 그에게 그 집에서 살도록 허락해준 것인지는 불분명했다. 어찌 되었건 그는 가난한 독거노인이었다.

후텁지근한 여름날이면 그는 좀처럼 문을 닫아 놓는 법이 없었다. 그래서 그가 땡볕이 내리쬐는 짚자리 위에서 어린아이처럼 웅크리고 낮잠을 자는 모습을 지나가는 사람들이 볼 수 있었다. 그가 빨래를 널거나 텃밭에 물을 주고 있을 때 우리가 그 집 앞을 지나가면 그는 정중하게 허리를 굽혀서 공손하게 인사를 했다. 우리도 함께 인사했다. 그는 늘 예의가 발라서 그의 아들 내외가 다니러 왔을 때도 굳이 우리에게 인사를 시켰다.

주방 창문으로 밖을 내다볼 때마다 나는 그의 생활 패턴을 관찰하려고 애썼다. 그는 매일 자전거를 타고 돌아다녔다. 바닷가에서 미역을 따오는 것도 몇 번 보았다. 슬레이트 지붕과 집 바깥의 전봇대 사이에 걸린 빨랫줄에는 그의 면 파자마와 양말, 속옷이 널려 있었다. 장을 볼 때는 당일 먹을 만큼만 음식을 사는 듯했다. 조그만 비닐봉지에 담긴 한 끼 분량의 돼지고기 같은 것들이었다.

가끔 그는 호박잎, 미역, 옥수수, 무 따위를 봉지에 잔뜩 담아 가지고는 우리 마당으로 건너 오곤 했다. "이웃이니까 사이좋게 나눠 먹어야죠." 나눔은 제주도 사람들 사이에 일반적인 미덕이다. 어느 날은 공사 중에 내가 벽돌공들을 위해 커피와 빵을 내놓았더니 그가 제멋대로 와서는 간식거리를 마음대로 집어먹기도 했다. 인부들은 아무 말도 하지 않고 그에게 자기들 커피 한 잔을 내주었다. 당황스러운 광경이었다.

나는 동네 아낙들과는 수다를 잘 떨었지만 그와는 좀처럼 이야기를 나누지 않았다. 그도 마찬가지로 내외를 했다. 한 친구는 우리에게, 그와 친하게는 지내되 그가 의존하도록 부추기지는 말라고 충고했다. 다른 이웃들은 그를 무시하는 것 같았다. 그러던 어느 날 그에게 온 마을의 관심이 집중된 사건이 일어났다. 어린 초등학생 남자 아이 하나가 실종되었다가 나중에 그 집에서 잠자코 앉아 있는 것이 발견된 것이다. 아이가 별다른 해를 입은 것 같지는 않았다. 아이를 찾고 나서 몇 시간 뒤 부모와 교사들 한 무리가 그 집에 찾아와 사진을 찍어 갔다. 다른 아이들에게 이 사건을 알리고 조심시키기 위해서였다. 경찰에서 그를 데리고 갔고 그때 이후로 우리는 그를 보지 못했다.

그가 돌아올지 안 돌아올지, 온다면 언제 올지 우리는 알지 못한다. 지금 그 집은 텅 비어 있다. 그 집 텃밭에선 더 이상 상추나 양파가 자라지 않는다. 전 주인을 아는 이웃이 한 번 와서 무성한 잡풀을 베기는 했지만 쓰레기는 그대로 두고 갔다. 나는 주민센터에 전화해서 쓰레기를 좀 치워 달라고 요청했지만, 그 집에 있는 물건 어떤 것도 건드리지 말라는 주의만 들었다. "하지만 화재 위험이 있지 않겠어요?" 내가 항의했지만 어차피 드나드는 사람이 없어서 별로 문제될 것은 없었다. 어쨌거나 그로 인해서 나는 그 흉물스러운 모습을 몇 달이고 계속 지켜보아야만 했다.

노인이 돌아온다면 나는 그가 죗값을 치렀으리라 생각하고 지난 과오를 따지지 않으려 한다. 그리고 상상해 본

다. 돌담 너머로 다정하면서도 긴장감 있게 유지되는 그
런 관계를.

대자연의 피조물

　새로 지은 집으로 이사오고 일주일 뒤 손녀 졸레나와 내가 하룻동안의 짧은 관광을 마치고 집으로 막 돌아왔을 때였다. 졸레나가 임시로 쓰고 있던 자기 방문을 열어보더니 가만히 나를 불렀다. "할머니, 놀라지 말고 들으세요. 벽에 커다란 거미가 붙어 있어요." 손녀의 표정이 자못 심각해 보였다. 소파에 와서 책상다리를 하고 앉은 아이의 몸이 뻣뻣하게 굳어 있었다. 원래 나는 거미를 무서워하지 않는다. 하지만 '커다란'이라는 말이 과연 얼마만큼의 크기를 말하는 건지 가늠이 안 됐다.

　"정확히 어디에 있는데?"

　"문 옆쪽 벽에 붙어 있어요."

　"얼마나 크다고?"

　"저~엉말로 커요!"

"알았다, 어디 한번 보자꾸나."

나는 용기를 그러모아 손녀의 방으로 건너갔다. 내가 마지막으로 아주아주 커다란 거미를 본 것은 남편과 함께 베트남 하노이에서 살 때였다. 현관문으로 나가는 입구 위 안쪽 면에 털이 부숭부숭한 여덟 개의 다리까지 합쳐서 지름이 15센티미터나 되는 거미가 붙어 있었다. 그때 나는 집에 혼자 있었고, 녀석이 독거미인지 아닌지 알 길이 없었다. 내가 문을 지나 달려나가는 동안 녀석이 내 머리 위로 떨어지면 어쩌지? 다행히 겁에 질려 도움을 요청하는 내 소리를 듣고 이웃이 빗자루를 들고 달려와 녀석을 바닥에 떨어뜨려 준 덕분에 나는 위기를 모면할 수 있었다.

이번엔 혼자는 아니었지만 그래 봐야 나와 손녀 둘 뿐이었다. 졸레나는 반쯤 정신이 나가 있다가 겨우 정신을 추스르고는 자기 소지품을 방에서 챙겨 부리나케 나왔다. 이제 남은 것은 거미와 나 둘뿐이니 하는 수 없이 내가 암살자 역할을 맡아야만 했다. 그러지 못하더라도 최소한 남편이 집에 있을 때와는 달리 차분하게 대처해야만 했다. 평소 같았으면 나 역시도 정신없이 비명을 지르며 휴대전화를 들고 집 밖으로 달아나서는 안전해졌다 싶을 때

유채꽃은

들판을 노랗게 물들일 뿐 아니라

혀끝을 녹이는

달콤한 꿀도 만들어 낸다.

남편에게 전화를 걸었을 것이다.

"전략적으로 생각해야 돼. 벽에다 눌러서 죽일 수는 없어. 끈적이는 액체가 새 벽지에 남을 테니까. 닥종이에 얼룩이라니 안 될 말이지."

방 밖에서 짧은 토론을 마친 뒤 우리는 결정을 내렸다. 내가 빗자루로 거미를 벽에서 떨어뜨리면 졸레나가 그 위에다 종이 상자를 엎어 놓기로 말이다. 동작에 한 치의 어긋남도 않도록 우리는 이 2단계 작전을 수차례 연습했다. 빗자루, 덫. 다시 또 빗자루, 덫... 작전의 단순함에 힘입어 우리는 녀석을 성공적으로 벽에서 떨구고 거미 위로 종이 상자를 덮었다. 이번에도 역시나 다리 길이까지 합쳐서 지름이 15센티미터나 되는 녀석이었다.

하지만 밤 9시가 지나 잠자리에 들 시간이 되었을 때 우리는 우리의 작전이 한심할 만큼이나 허술했다는 사실을 깨달았다. "잠자는 동안에 거미가 나오면 어쩌죠?" 졸레나가 물었다. "안 나올 거야." "어떻게 알아요? 저런 거미는 힘이 세다구요! 할머니, 정말이에요. 저 녀석 정도면 상자 한 귀퉁이쯤 쉽게 들어올려서 나올 거예요!" 손녀가 고집스럽게 말했다.

부인하고 싶었지만 충분히 일리가 있는 얘기였다. 상자

를 들어올릴 수 있을 만큼 거미의 다리 근육이 튼튼할지 누가 알겠는가. 나는 마음의 평화를 위해 놋쇠로 된 무거운 티베트 노래 그릇(힐링 효과가 있는 것으로 전해지는 티베트 전통악기) 두 개를 상자 위에 얹어 놓고 방문을 닫았다. 그 당시 며느리 엘레나와 며느리의 친구도 제주도에 와서 근처 아파트에 묵고 있었기에 우리는 그들에게 조언을 구했다. 엘레나는 혹시 제주에 거미에 관한 미신이 있는지 주변 지인들에게 물어보라고 했다. 거미를 죽여야 할지 아니면 그냥 쫓아버리기만 해야 할지를 말이다.

엘레나의 지적이 옳았다. 제주도의 문화는 사람들이 거친 자연환경 속에서 물활론적 신앙과 신화에 의지하여 살아오면서 수천 년에 걸쳐 발달한 것이다. 제주 무속신앙에서는 동물과 식물, 산과 강, 해 달 별을 비롯한 모든 만물에 신이 깃들어 있다고 믿으며, 각각의 신이 인간에게 도움을 줄 수도 해를 끼칠 수도 있기 때문에 잘 모시고 달래야 한다고 생각한다.

한번은 공사 현장에서 뱀이 나타났다는 말에 내가 몸서리를 치면서 "뱀이요? 죽여 주세요!"하고 소리쳤다가 인부들에게 주의를 들은 적이 있다. 제주도 주민들은 뱀을 신으로 모시고 숭배하기 때문에 죽이지 않는다고 했다. 뱀신을 잘 모시면 풍요를 주지만 배척하는 자에게는 저주를 내린다는 것이다. 섬의 동쪽 지역에서는 뱀신이 수호신이라기보다는 재앙신의 성격이 더 강한 데다 동쪽 지역의 처녀들은 시집을 갈 적엔 이 뱀신을 시댁에까지 모시고 간다고 하여 결혼을 꺼리는 남자들도 있었다.

다음날 아침 우리집으로 건너온 며느리는 상황을 차분하게 진단해 보더니 자기가 거미를 집밖으로 내보내는 일을 돕겠다고 나섰다. "납작한 판때기 하나 주세요. 그걸 제가 상자 아래로 밀어 넣을게요. 그런 다음 어머니가 상자를 판때기와 잘 밀착시키고 계시면 제가 판때기를 뒤집을게요."

"좋은 생각이구나! 그렇게 하면 상자에 담긴 거미를 바깥으로 가지고 나가서 돌담 너머로 던져버릴 수 있겠다."

할머니와 손녀의 소규모 작전에서 시작된 일이 이제는 죄 없는 거미에 대한 네 여자의 대게릴라전으로 확대되었다. 이번 작전은 이랬다. 엘레나가 판때기를 밀어 넣는다, 내가 상자를 판때기와 잘 밀착시키고 있는 동안 엘레나가 판때기를 홱 뒤집는다, 엘레나의 친구 메건이 문을 연다, 졸레나가 그 광경을 내내 휴대전화로 촬영한다. 엘레나의 남편 크리스는 캘리포니아에서 이 장면을 실시간 영상통화로 보면서 탄성을 내질렀다. "와, 이거 리얼리티 TV 프로그램보다 더 실감나는데!" 엘레나의 어린 아들 테이든은 무슨 일이 벌어지고 있는지도 모른 채 "엄마, 보고 싶어. 사랑해!"라고 조잘거렸다.

거미를 성공적으로 제거하고 나니 거미의 목숨을 살려주어 다행이라는 생각이 들었다. 미국 집에서 벌레가 나왔다면 무슨 종류든 가차 없이 다 눌러 죽였을 것이다. 유일한 예외는 귀뚜라미다. 지금까지 내가 귀뚜라미를 포획해서 밖으로 내보낸 성공률은 98퍼센트에 달한다. 심지어 귀뚜라미가 내 느슨한 손아귀 안에서 폴짝폴짝 뛰는 느낌에도 익숙해졌을 정도다.

물활론적 무속신앙과 우주론이 널리 퍼져 있는 이곳 제주에서 나는 내 본능적인 곤충 살해 충동을 자제하는 법을 배우게 되었다. 친구들은 우리가 시골 어촌 마을에서 살기로 선택한 이상 뱀과 거미뿐 아니라 세상의 모든 피조물과 더불어 살아갈 줄 알아야 한다고 말한다. 또 내가 집과 마당에 들어온 이들을 기꺼이 이웃으로 맞아들인다면 그들과 다정한 친구가 될 수 있을 거라고 이야기한다.

오너라, 모두들. 다만 부디 한꺼번에 들이닥치지만 말아다오.

거지, 도둑, 대문 없는 3無의 섬

나는 이쪽도 저쪽도 아닌 중간자의 삶을 살아가고 있다. 모국인 미국의 헌법은 시민들에게 총기소지를 허용하고 있지만 조상의 나라 한국의 헌법은 개인의 총기소지를 금하고 있다. 제주도는 '거지, 도둑, 대문이 없는 3무의 섬'이라는 말이 있다. 나로서는 사람들이 자신의 신변이나 재산상의 안전을 염려하지 않아도 되는 시절이나 장소가 존재했다는 것이 상상이 잘 되지 않는다. 내가 거의 한평생을 살아온 미국에서는 개인이 보유한 총기가 약 3억 개에 달한다고 한다. 국민 일인당 하나씩에 해당하는 어마어마한 양이다.

총기 폭력은 미국에서 매우 큰 우려를 불러일으키고 있다. 어느 날 저녁, 우리 어머니가 거실 창문쪽 흔들의자에 앉아서 TV를 보고 있는데 무장강도가 차를 타고 지나가며 총을 쏜 적이 있다. 총알은 천장에 박혔다. 총알이 우리 어머니를 비껴간 것은 단지 어머니의 집이 거리보다 지대가 높은 언덕 위에 있었기 때문이다. 총알은 들보에 45도 각도로 박혔다. 또 한 번은 어머니가 집으로 막 들어가려던 찰나에 강도를 당하기도 했다. 본능적으로 어머니는 핸드백을 가슴에 꽉 끌어안으셨다. 하지만 그 때문에 강도들이 몸무게가 47킬로그램밖에 안 나가는 어머니를 끌어다 길거리에 내동댕이치는 바람에 어머니는 온몸이 멍투성이가 된 채로 몇 주간 지내셔야 했다. 어머니가 입원해 계신 병원에 가서 심한 상처를 보고 어찌나 충격을 받았던지 그때의 기억이 지금도 생생하다.

한번은 남편이 샌프란시스코에서 열린 비폭력 집회에 참석한 적이 있었다. 그런데 그가 피켓을 들고 있었다는 이유로 경찰이 차를 타려는 그를 쫓아와 머리에 총구를 겨누고는 유치장에 잡아 넣었다. 우리 부부도 강도를 당한 적이 두 번이나 있다.

로스앤젤레스와 샌프란시스코에서 살 때 우리는 두 아들을 세상 물정에 어둡지 않도록 키웠다. 그래도 나는 늘 아이들의 안전이 염려되었다 1979년부터 1981년까지 2년 동안 아이와 청소년, 어른 할 것 없이 조지아 주 애틀

랜타에서만 최소한 28명의 흑인이 죽임을 당했다. 나는 당시 여섯 살, 세 살 난 데이비드와 토미를 데리고 집에서 역할극을 해보기도 했다. 그러면서 낯선 사람이 아이들에게 접근해서 "꼬마야, 아이스크림 사줄게 같이 갈래?"라든가 "꼬마야, 이 스타워즈 캐릭터 인형 마음에 드니?"라면서 유혹하면 얼른 도망치라고 단단히 일러 두었다. 다행히 납치 사건은 벌어지지 않았다. 그러나 훗날 둘째가 십대가 되었을 때 오락실에서 칼로 위협을 받은 적이 있다. 그때 아이는 할머니와 달리 재빨리 항복하고 자기 재킷과 지갑을 주어버렸다.

처음 제주도에 와서 '거지, 도둑, 대문이 없는 3무의 섬' 이야기를 들었을 때 나는 그 말이 비록 다른 시대에 생긴 것이기는 하지만 지금도 여전히 유효한지 확인하고 싶었다. 더 나아가 개인의 총기 소지가 금지된 한국 같은 나라에서 살면 개인의 안전과 소유물에 대한 염려가 실제로 줄어드는지도 알고 싶었다.

전 세계적으로 총기와 폭력에 대해 어떤 논의가 진행되고 있는지는 잘 모르지만 적어도 미국에서는 총기 규제에 대한 논쟁이 가열되고 있다. 물론 총기는 매우 광범위한 스펙트럼의 폭력 행위 중 한 가지에 불과하다. 제주도 역시 환상의 섬은 아니며, 제주에도 범죄와 감옥이 존재한다. 하지만 대부분의 경우 우리는 미국에 있을 때처럼 수시로 뒤를 돌아볼 필요가 없다. 나는 목숨을 잃을지 모른다는 두려움 없이 자주 늦은 밤에 어두운 골목길을 돌아다닌다. 마을 사람들은 여전히 이따금 대문을 잠그지 않고 외출하고, 누가 훔쳐가지 않을까 하는 염려 없이 자동차 열쇠와 네비게이션, 스마트폰을 차에 두고 다닌다. 남의 차를 가로막고 주차하게 될 때는 대시보드에 전화번호를 올려놓는 성의만 보이면 된다.

비어 있는 땅에 누군가 농사를 지어도 땅주인은 대개 그 사람에게 뭐라고 하거나 쫓아내지 않는다. 농사 짓던 사람이 떠날 때까지 기다려 주는 것이다. 섬 곳곳에는 '무인 카페'라 불리는 셀프서비스 카페들도 있다. 이곳의 방문객들은 자율적으로 카페를 이용한다. 알아서 차와 쿠키를 먹고 난 다음 그릇을 치우고 나가기 전에 계산까지 마치는 것이다. 은행들은 여러 도수의 돋보기를 카운터에 비치해 놓고 손님들이 불편 없이 서류에 서명을 할 수 있도록 한다. 돋보기들이 엉성한 줄에 매달려 있어도 줄만 남아 있는 경우는 한 번도 본 적이 없다

물론 시대가 바뀌고 있고 제주도 역시 오늘날의 현실

에서 예외가 아니어서 지금은 대문을 잠그는 경우가 많다. 하지만 입구에 걸쳐 놓는 전통적인 가로대도 이따금 눈에 띈다. '정낭'이라는 이 막대들은 가축이 집안으로 들어오지 못하게 막는 역할과 동시에 이웃들에게 집주인의 소재를 알리는 역할을 했다. 일반적인 형태는 양쪽의 정주석 사이에 세 개의 정낭을 끼울 수 있도록 되어 있다. 정낭 세 개가 다 내려져 있으면 "어서오세요, 집안에 사람 있습니다"란 뜻이고, 정낭 하나가 걸쳐져 있으면 "곧 돌아옵니다", 두 개가 걸쳐져 있으면 "한동안 집을 비웁니다", 세 개가 모두 있으면 "하루 종일 집을 비웁니다"란 뜻이다.

중간자의 입장에서 살면서 나는 내 위험탐지 안테나를 수시로 조정한다. 미국에서 지낼 때는 신변의 안전을 보장하는 예방조치들을 취해야만 마음이 놓인다. 대문과 현관문은 꼭꼭 걸어잠그고, 밤에는 절대 혼자서 공원에 가지 않는다. 누군가 따라오는 것 같으면 일부러 다른 길로 돌아가고, 외출을 할 때는 남편에게 반드시 행선지를 알린다. 몇 년 전엔 혹시나 있을지 모를 공격에 대비해 가방에 페퍼 스프레이를 가지고 다니기도 했다.

한국에 있을 때 가장 안심이 되는 점은 총을 맞거나 총

부리에 겨눠질 확률이 별로 없다는 것이다. 이는 삶의 질을 측정할 수 있는 하나의 지표이자 안타깝게도 전 세계 많은 곳에 부재하는 은총이다. 폭력적인 사고방식과 문화 때문에 총기를 허가하는 헌법이 존재하는 것이라면, 오직 비폭력적인 태도와 문화, 언어적인 운동만이 이 법을 다르게 바꿀 수 있을 것이다. 언젠가는 미국 아이들도 한국 아이들처럼 총 맞을 두려움 없이 학교에 다닐 수 있는 날이 오기를 꿈꿔 본다.

태풍 차바

마침내 제주에 가을이 찾아들었다. 뒷마당의 감나무 두 그루에 달렸던 초록 풋감들이 어느새 주황빛으로 익어가고 있었다. 서늘한 바람이 여름철 각다귀떼보다 창 안으로 더 많이 밀려드는 듯했다. 단열 지붕 위에 얹을 흙기와가 오기를 몇 달이나 기다렸던 내 좌절감도 곧 사라지게 될 터였다. 아니, 바보같이 그럴 줄로만 알았다.

기와가 도착하기로 되어 있던 날을 하루 앞두고 마을 확성기에서는 태풍 차바에 대한 경보가 발령되었다. 낮 동안 바깥에 나가 있었던 나는 호우에 발이 묶이지 않도록 어두워지기 전에 서둘러 집으로 돌아왔다. 그날 밤 거세게 휘몰아치는 바람 소리에 어찌나 귀가 먹먹했던지 우리는 귀마개를 끼고 잠자리에 들었다. 아침에 일어나서 우리가 가장 먼저 한 일은 천장에 물이 새는 데는 없는지,

마당에 훼손된 곳은 없는지 살피는 것이었다. 집안에선 조그만 물웅덩이가 하나 발견되었다. 마당에는 주목, 모과나무, 자두나무가 쓰러져 있었다. 대파 줄기도 누군가 일부러 장홧발로 밟아 놓은 것마냥 바닥으로 꺾여 있었다.

아침식사를 하고 있는데 미국에 있는 가족들로부터 괜찮냐고 묻는 문자와 영상통화가 들어왔다. 동네 친구들도 "집은 어때? 피해는 없고?"라고 물으며 우리를 염려해 주었다.

태풍 자체보다 우리를 더욱 심란하게 한 것은 공사가 또 지연되리라는 사실이었다. 하지만 나중에는 '문 사장님, 얼른 와서 지붕에 물 새는 데 좀 고쳐 주세요'라고 시공자에게 문자를 보냈던 일을 후회하게 되었다. 그나 그의 가족 또는 다른 고객의 집이 더 큰 피해를 입었을지도 몰랐다. 그는 '태풍 때문에 기와 배송이 지연된다네요. 새는 데는 내일 고쳐드리겠습니다'라고 답장을 보내 왔다. 짐작컨대, 우리 기와가 창고에서 나와 선적은 되었는데 그 상태로 꼼짝도 못하게 된 모양이었다.

나는 집 바깥으로 나가 보았다. 우리집 사정은 그나마 양호한 편이었다. 동네를 돌아다니다 보니 차바의 위력이 더 크게 미친 증거들을 곳곳에서 목격할 수 있었다. 수민들은 벌써 삼삼오오 모여서 자신들이 입은 피해를 조사하고 있었다. 한 이웃 노인은 바닥에 떨어진 솔잎을 쓸면서 투덜거렸다. "이것 좀 보슈. 바람에 철문이 떨어졌다오! 이 솔잎들도 그렇고 완전 난장판이야!" 동네 슈퍼마켓 주인은 부서져버린 간판을 어떻게 교체할지 계획 중이었다. 마을 경계에 세워진 돌담도 군데군데 무너져서 커다란 돌덩이들이 바닥에 널브러져 있었다. 국수 판매를 알리는 나무판도 식당 벽에서 떨어져 나뒹굴고 있었다.

태풍 차바는 5등급 허리케인에 맞먹을 만큼 세력이 강해지면서 제주도와 한반도 전역을 쑥대밭으로 만들었다. 차바는 시속 144킬로미터의 강풍과 함께 제주도 일부 지역에 28센티미터가 넘는 비를 뿌린 뒤 육지의 남해안으로 이동했다. 부산과 울산이 홍수와 무시무시한 강풍의 최대 피해지였고 사망자도 다섯 명이나 발생했다. 이런 상황에서 내가 지붕에 물이 좀 새고 파가 쓰러졌다고 걱정하다니! 이후 TV에서 아이티와 플로리다에 상륙한 허리케인 매튜의 보도를 보고 나서는 더더욱 양심의 가책을 느꼈다. 그곳의 피해 규모와 사망자 수, 그리고 수백만 명에 이르는 이재민 수는 우리와는 비교도 안 될 만큼 엄청났다.

바람과 바다를 관장하는 제주의 여신 영등할망은 꽤 엄한 편이었지만 태풍 차바 때는 자비를 보였던 것 같다. 어부들은 제때 항구로 돌아오라는 경고를 받았고 사망자에 대한 보고는 없었다.

태풍이 지나가고 며칠 뒤 우리는 15세기에 육지에 편입될 때까지 존속했던 제주도의 전설적인 왕국 탐라국의 문화를 기념하는 축제에 참여했다. 몇 년 전 책을 쓰기 위해서 인터뷰를 했던 무당 서순실 씨가 굿판을 벌이며 사람들의 무사안녕을 기원하고 있었다. 행사가 끝난 뒤 그녀가 관람객들 무리에서 나를 알아보고는 얼른 달려와 인사를 했다.

"아이고, 어쩐 일이셔!"

"저 지금 여기 살아요."

"몰랐네요. 언제 우리집에 와서 식사 같이 해요."

그녀는 그날 과거 어느 때보다 더 밝고 행복해 보였다. 그녀 역시 십 년만에 찾아온 최악의 태풍 차바가 빨리 지나간 것이 기뻤던 모양이다. 살다 보면 물 새는 지붕보다 더 애끓일 일이 많다.

봉사 정신

나는 자원봉사로 세상을 바꿀 수 있다고 믿는다. 이런 생각은 존 F. 케네디 대통령 시절부터 시작된 것이다. 1961년 3월 1일, 케네디 대통령은 개발도상국 국민에 대한 교육 및 지원을 위해 평화봉사단을 창설했다. '국가가 당신을 위해 무엇을 할 수 있는지 묻지 말고, 당신이 국가를 위해 무엇을 할 수 있는지 질문하라'던 그의 명언과도 일맥상통하는 일이었다. 2016년에 평화봉사단은 창설 55주년을 맞았으며, 그간 20만 명 이상의 자원봉사자들이 한국을 비롯한 140여 개 국가에서 봉사활동을 펼쳤다. 내 형부와 사촌, 조카들 역시 세계 곳곳의 선한 사마리아인들 중 하나다.

나도 60년대에 평화봉사단원으로 미크로네시아에 갈 뻔했었다. 1967년 여름에 나와 처음 만난 잰은 임상병리

학 석사 과정을 마치기 위해 미네소타 주 미니애폴리스로 돌아갔다. 그때까지만 해도 우리의 장거리 연애가 장기간의 결혼 생활로 바뀌게 될 줄은 미처 예상하지 못했다. 그런데 내가 막 미크로네시아로 출발하려던 때 마침 잰이 학위를 마치고 캘리포니아로의 이주를 결정했다. 그로부터 4개월 뒤 우리는 결혼식을 올렸다.

이런 사정으로 아직 내가 평화봉사단원으로 해외에 나가본 적은 없지만, 그래도 나는 결혼 생활 내내 지속적으로 봉사활동을 해왔다. 작은아들 토미가 세상을 떠난 뒤엔 자식을 잃은 사람들이 슬픔을 극복할 수 있도록 도와주는 '다정한 친구들(The Compassionate Friends)'이라는 단체의 지부에서 활동했다. 그리고 온라인상에서 도움을 구하는 사람들을 위한 인터넷 기반의 상담지원 단체 ShareGrief.com에서도 온라인 상담 전문가로 봉사했다. 우리 역시 가장 힘겨웠던 시절에 크나큰 도움을 받았기에, 아들을 기리는 마음으로 우리가 받은 대로 돌려주고 우리와 마찬가지로 자식을 잃은 사람들을 돕고 싶었다.

제주도로 건너와 애월에 집을 지은 뒤에는 봉사의 동기가 완전히 달라졌다. 나는 마을 공동체에 대해서 더 깊이 알고 싶었고, 작가와 영어 원어민으로서의 내 전문적

지식을 지역 학교 학생들을 위해 쓰고 싶었다. 사람들이 고등학교에는 지원하지 말라고 충고했다. 고등학생들은 대학입시 준비를 위해 밤 늦게까지 자율학습을 하느라 그런 활동에는 관심이 없을 거라고 했다. 또 초등학생들은 내 인내심을 시험할 거라고 했다. 그래서 친구 순자의 소개로 나는 애월중학교 교장선생님을 만났고, 교장선생님은 기꺼이 나를 영어동아리 담당교사로 등록시키고 영어와 한국어를 모두 할 줄 아는 다른 교사의 도움을 받게 해주었다. 나는 영어 공부를 억지로 하는 학생들이 아니라 영어 실력을 향상시키고자 하는 열의를 가진 학생들만 일주일에 한두 번 만나면 되었다.

한국 학생들은 초등학교 때부터 영어를 배운다. 하지만 학교에서 오랜 기간 공부를 하고도 길에서 외국인을 만나면 긴장해서 입도 뻥긋하지 못하는 경우가 많다. 창피를 당하거나 실수를 할까 봐 두려워하기 때문이다. 이것은 아이들이 극복해야 할 최대 난관이다. 내가 할 일은 외국어로서의 영어가 대학 지원을 위해 공부해야 할 과목일 뿐만 아니라 그 자체로도 재미있는 것임을 알게 해주는 것이다. 실수는 성공을 위한 밑거름이 된다. 베트남에서 실 때 나는 어느 식낭에서 수분을 하다가 돼지고기라고 말한다는 게 '성기'라고 잘못 말한 적이 있다. 지금도 그때 생각을 하면 얼굴이 화끈거리지만, 어쨌거나 그때 이후로 나는 똑같은 실수는 하지 않는다.

애월중학교는 남녀 공학이다. 십대 소녀들은 무척이나 수줍음이 많고 남의 눈을 많이 의식한다. 아이들을 채근하지 않으면 입을 떼게 하기가 힘들다. 나도 그 나이 때는 별반 다르지 않았다. 고교 시절 한번은 남학생 다섯 명이 아치길 아래에 우르르 모여 있는 것이 보였다. 그 길은 평상시에 내가 수업을 갈 때 지나가는 곳이었다. 나는 그들 사이로 지나가기가 멋쩍어서 대신 풀밭을 가로질러 달음질쳐 가려고 하다가 그만 내 발에 내가 걸려 바닥에 나동그라지고 말았다. 치마는 바닥에 쫙 펼쳐지고 무릎은 까져서 피가 났다. 나는 아무렇지 않은 듯 벌떡 일어섰지만 참담한 심정이었다.

영어 동아리 시간에 나는 특정 학생을 콕 집어서 지목하기를 삼간다. 한국어를 배우는 내 경험으로 미루어 나는 스트레스 없는 편안한 분위기가 얼마나 중요한지를 잘 안다. 배우는 대상이 성인이었다면 술이라도 한 잔 같이 했을 것이다. 하지만 신경과민의 십대들에게 효과 만점인 것은 초콜릿이다. 달달한 초콜릿으로 긴장이 풀린 아이들

은 책과 영화, 음악에 대해서 그리고 물론 빼놓을 수 없는 케이팝을 화제로 재잘재잘 잘도 떠든다.

한번은 미국의 소설가이자 뉴욕타임스 베스트셀러 작가인 리사 시Lisa See를 동아리 시간에 초청한 적이 있다. 리사는 제주 해녀에 대한 조사차 제주도에 와 있었다. 나는 학생들에게 2주 전부터 리사에게 물어볼 질문들을 준비해 놓으라고 시켰다. 리사를 만나자마자 여학생들이 리사에게 질문 세례를 퍼부었다. "〈설화와 비밀의 부채〉는 어떻게 쓰게 되신 거예요?" "제주도는 마음에 드세요?" "글을 잘 쓰려면 어떻게 해야 하나요?" 등등. 리사는 세 가지 중요한 요점을 알려 주었다. 첫째, 매일 글을 쓸 것. 둘째, 좋아하는 분야에 대해서 쓸 것. 셋째, 편집 단계에서는 글을 고쳐주시는 선생님이 맞을 수도 있고, 틀릴 수도 있음을 유념할 것.

학생들은 점차 자신감을 키워가고 있다. 이제는 길을 가다가 마주치면 아이들이 먼저 "Teacher! Teacher! How are you?"라고 소리친다. 덕분에 매주 수요일이 점점 더 즐거워지고 있다. 영국의 한 연구에 의하면 자원봉사를 하는 사람이 봉사를 하지 않는 사람에 비해서 사망 위험이 20퍼센트 낮다고 한다. 목적의식을 가지고 더 행복한 삶을 영위하는 것이 장수의 비결이 아닌가 싶다. 여든의 나이에도 평화봉사단에 가입하는 데는 문제가 없다. 평화봉사단은 나이 제한을 두지 않는다. 앨리스 카터라는 미국 여성은 여든일곱 살에 모로코에서 봉사활동을 하기도 했다. 혹시 아는가? 나도 언젠가는 미크로네시아로 건너가 봉사활동을 하게 될지.

제주 오일장의 사람 냄새

한국어에는 '사람 냄새'라는 표현이 있다. 사람의 몸에서 나는 고약한 냄새를 뜻하는 말이 아니라 남녀노소가 서로 부대끼며 친밀하게 지내는 데서 느낄 수 있는 삶의 향기를 뜻하는 말이다. 제주의 전통 오일장에 나와 물건을 사고, 수다를 떨고, 음식을 먹고, 구경을 하는 사람들에게서는 바로 이런 사람 냄새가 난다. 비가 오나 눈이 오나 장날만 되면 할머니 할아버지들이 아침 7시 30분부터 버스를 타고 속속 오일장에 도착한다. 차를 가지고 가는 사람이 많아서 주차장에는 자리 경쟁이 치열하다. 택시를 타고 가는 사람들도 있고, 가까이 사는 사람들은 걸어서 간다. 나는 주로 차를 가지고 가서 내가 점찍어 둔 자리에 주차해놓고는 시장 입구로 들어가 김치와 마늘 노점들을 지나쳐 늘상 유기농 채소 가게로 간다. 채소들이 어찌나

차곡차곡 가지런히 잘 진열되어 있는지 채소를 집어들고 카드를 쳐도 될 것만 같다. 내가 굳이 아르굴라(루콜라)를 달라고 하지 않아도 주인은 이미 내가 왜 자기네 가게에 들렀는지를 안다. 그래서 주인 아주머니는 이렇게만 묻는다. "오늘은 몇 킬로나 필요하셔?"

과거 한국의 시장은 시골 마을들의 중심부에서 재화와 서비스의 거래를 용이하게 하는 역할을 했다. 그동안 시장은 도시와 읍의 발달과 더불어 성장해 왔다. 제주와 육지의 많은 도시에서 오일장이란 닷새에 한 번씩 서는 시장을 일컫는다. 예컨대 제주시 최대의 오일장은 달력의 날짜가 2와 7로 끝나는 날마다 열린다. 우리 마을에서 가장 가까운 오일장인 한림장은 4와 9로 끝나는 날짜마다 열린다. 지역마다 오일장이 서는 날짜가 다르기 때문에 농부와 생선장수를 비롯한 여러 상인들은 섬을 돌아다니면서 물건을 팔 수 있다. 전통시장에 대한 지원책으로 제주도 지방정부에서는 한 달에 두 번씩 대형마트에 의무 휴업일을 부과하기도 했다. 한국식 바비큐 화덕, 칫솔, 콩, 잉꼬, 인삼, 분재 소나무를 모두 한자리에서 살 수 있는 기회를 놓치지 않으려면 달력에서 장이 서는 날짜를 꼭 챙겨야 한다.

제주 사람이든 관광객이든 이런 부산한 삶의 현장에서 몇 시간이고 죽치기를 좋아한다고 하여 그를 나무랄 사람은 아무도 없다. 오일장에 나가 말린 고사리 한 봉지만 달랑 사오더라도 나는 시간을 낭비한 것이 아니다. 현미, 흑미, 찹쌀이라는 한국어 단어를 배워 오는 것만으로도 내게는 큰 수확이다. 시장은 양방향 음성인식 사전이다.

하루는 비가 오는 날 버스를 타고 시장에 간 적이 있다. 시장에서만 사람 냄새를 맡는 것으로는 부족해 버스에서도 사람 냄새를 맡고 싶었다. LA에서 자랄 때는 늘 차를 타고 다녔지만 이곳 제주에서는 버스가 싸고 편리해서 자주 이용한다. 게다가 버스에서는 늘 새로운 드라마가 펼쳐진다! 버스 기사가 툴툴대며 제주도 사투리로 고령의 할머니와 운임을 놓고 다툼을 벌이면, 유교 전통이 살아 있는 한국 사회에서는 늘 목소리 큰 할머니가 이긴다. 어떤 학생은 바닥에 토를 해대고, 십대 소녀는 버스가 일곱 정서장을 지나는 동안 휴대전화 거울을 보며 꽃단장을 한다. 승객들이 버스에 꽉 들어차면 동시에 다섯 군데서 카카오톡 메시지 알림이 울리고, 이곳저곳에서 전화가 울리면 한목소리로 "여보세요?" 하는 소리가 들리기도 한다.

그날은 비 때문에 내 안경 렌즈에 습기가 잔뜩 끼어 있

었다. 나는 시야가 흐려서 천 원짜리 지폐 두 장을 요금통에 넣는다는 것이 그만 실수로 만 원짜리 두 장을 넣고 말았다. 0이 하나 더 붙으면 금액 차이가 엄청나다. 기사가 거스름돈을 주지 않기에 나는 운임이 올랐나 보다 생각하고 버스 뒤쪽에 자리를 잡고 앉았다. 그런데 몇 분 뒤 라스베이거스의 슬롯머신에서 동전이 쏟아져 나오듯 치링치링치링하는 소리가 연신 울려댔다. 옆에 앉은 남자가 팔꿈치로 내 옆구리를 쿡 찔렀다. "저기요, 운전기사가 불러요. 거스름돈 받아 오세요." 나는 당황하여 앞으로 걸어나가서는 거의 18,000원어치나 되는 동전을 챙겨서 그 묵직한 덩어리를 배낭에 쓸어 담았다.

목적지에 도착한 나는 버스에서 폴짝 뛰어내려 우산을 펼쳤다. 연세 드신 이웃 할머니가 보였는데 그 할머니는 우산도 없이 지갑만 하나 달랑 들고 있었다.

"할머니, 안녕하세요? 저 기억하세요? 한동네 살잖아요. 시장까지 우산 같이 쓰고 가요."

"아, 댁이구먼. 고마워요."

"제가 장 보고 나서는 다른 데로 가봐야 해서 계속 같이는 못 다녀요. 죄송해요."

"괜찮아요. 집에 갈 때 버스 타고 갈 거니까."

작별인사를 하고 난 뒤 할머니가 어느 방향으로 가는지 지켜보니, 할머니는 천천히 시장의 한 입구 옆 벤치로 걸어가서는 잠시 앉았다가 장을 보러 갔다. 나도 구매할 물품의 목록이 적힌 쪽지를 들고 본격적으로 장보기에 나섰다. 아르굴라, 쇠식칼, 바지, 간장게장, 발뒤꿈치 각질제거용 화산석이 내가 사야 할 것들이었다. 물론 내 장바구니는 뜻밖에 마주친 다른 좋은 물건들도 담을 수 있을 만큼 충분히 넉넉했다.

내가 시장의 전통 중에서 가장 좋아하는 두 가지는 흥정하기와 먹기다. 흥정을 불편해하는 사람들도 있지만 나는 그게 재미있다. 개인적으로 나는 판매가라는 것이 상호 간의 대화를 통해 최종적으로 결정되는 것이 옳다고 믿는다. 흥정은 성적인 의미가 담기지 않은 추파와도 같다. 한국어로 흥정을 할 때 나는 주로 이런 식으로 말한다. "물건 참 좋네요. 저 관광객 아니에요. 해외 동포인데 지금은 애월읍에 살아요. 싸게 해주시면 나중에 친구들 데리고 다시 올게요. 명함 하나 주실래요?" 물론 옷가게 주인들도 "와, 언니한테 딱이네요!"라며 아첨 일색이다. 하지만 가끔은 감을 눌러본다고 핀잔을 주거나 30퍼센트나 할인을 해주겠다는데도 대나무 체를 사지 않는다며 궁

시렁거리는 괴팍한 주인장들도 있다. 그럴 때면 나는 서툰 한국말로 이렇게 말한다. "미안합니다. 그냥 보는 중이에요."

오일장의 먹거리는 결정 장애를 유발하고 자제심을 시험한다. 시장의 노점들에는 뻥튀기, 고기국수, 순대, 삶은 옥수수, 어묵, 미역국, 군만두 등 없는 게 없다. 그중에서도 남편이 가장 좋아하는 음식은 기름이 반들반들하고 혀가 데일 만큼 뜨거운 600원짜리 호떡이다. 내 단골집은 시장 중심부에 있는 큰 떡볶이 노점상이다. 보통 떡볶이와 함께 모듬튀김 한 접시를 같이 주문하는데, 튀김 재료는 고추, 오징어, 김말이, 고구마, 애호박 등 다양하다. 그집에서는 군중을 비집고 들어가 주인에게 큰소리로 말하지 않으면 주문을 하기가 쉽지 않다. 친구와 나는 보통 단돈 5,000원에 떡볶이랑 튀김을 주문해서 같이 먹는다. 앉을 자리는 없다.

정찰제로 운영되는 기업형 대형마트와 흥정이 가능한 제주의 전통 오일장 중 나는 후자를 더 좋아한다. 대형마트에는 대개 냉난방 시설이 잘 갖추어져 있고, 거의 무인 시스템으로 관리되며, 내 키를 훌쩍 뛰어넘는 선반들이 즐비하다. 그런 곳에서는 계절의 변화를 체감할 수가 없다. 반면 전통시장에는 모든 물건들이 무릎이나 허리 높이로 진열되어 있다. 되에 담긴 곡식을 살펴보거나 정원에 심을 콜라비 모종을 고르고 싶으면 허리를 숙이거나 쪼그려 앉으면 된다. 가게 주인들은 손님들을 싹싹하게 챙기고, 셀프서비스는 선택사항이 아니다. 제주 전통시장에서는 사람 냄새가 물씬 난다. 그 냄새는 닷새마다 맡을 가치가 충분하다. 버스비로 2만원을 내더라도 말이다.

4·3 정신

우리 동네엔 시인이자 화가인 이웃이 산다. 내가 작가라는 걸 안 동네 아주머니가 굳이 나서서 그를 소개해 주었는데, 그 사람이 앞에서도 수차례 언급한 바 있는 김종호 씨다. 그는 제주 4·3사건이 일어난 1948년보다 9년 앞선 1939년에 태어나 거의 한평생을 애월읍에서 살았다.

1980년대에 처음 제주도를 찾았을 때만 해도 나는 그 어두운 역사를 알지 못했다. 대다수의 다른 관광객들처럼 나 역시 처음에는 옥빛 바닷물과 장엄한 한라산, 서귀포의 주상절리, 올록볼록 솟은 오름들이 그려 낸 물결무늬 지평선의 경이로움에 압도당했다. 몇 번을 더 와본 다음에야 비로소 나는 아름다운 경치 아래로 겹겹이 서린 폭압의 역사를 알게 되었다.

제주4·3사건이란 1948년 4월 3일 발생한 소요사태 및

1954년까지 제주도에서 발생한 무력충돌과 좌익세력에 대한 경찰과 군대의 폭력적인 진압 과정에서 많은 주민들이 억울하게 희생된 사건을 말한다. 이를 유발한 요인은 여러 가지다. 35년간의 일본 식민지배에서 벗어나 독립한 이후 팽배해진 전후의 불안한 사회 분위기, 정부의 통치 방식에 대한 제주도민의 분노, 폭압적인 경찰, 국군과 미군의 공동 주둔, 1945년 남북의 분단 이후 실시된 문제의 총선(결국 이로 인해 남쪽에는 대한민국, 북쪽에는 조선민주주의인민공화국으로 개별 정부가 수립되었다) 등등.

2000년 1월에 김대중 전대통령이 4·3에 대한 진상조사를 요구하는 특별법을 제정하고 나서야 당시 얼마나 많은 제주도 양민들이 학살되었는지(약 8만 명), 그리고 얼마나 많은 마을이 파괴되었는지(제주도 내 전체 400개 마을 중 절반 이상)가 집계되었다. 이후 상세한 보고서와 기사, 증언들이 대중에 공개되었다. 2008년에는 대량학살 희생자들의 유해가 제주 국제공항 인근의 공동묘지에서 발견되었다. 발굴 작업은 지금도 제주도 전역에서 계속해서 이루어지고 있다.

김종호 씨는 자기가 알고 있는 내용은 대부분 말로 전해 들은 것이라고 했다. 실제로 피해를 당하거나 사태를 목격한 친척이나 어른들이 이야기를 해준 것이다. 그러나 그가 어린 나이에 직접 경험한 일은 잊혀지지 않는 기억으로 남았다.

"그때 나는 초등학교 2학년이었어요. 애월읍에서 총소리가 들렸죠. 어머니가 나를 감나무 밑에 감추고 담요를 덮어 주었던 기억이 나요. 어떤 사람이 좌익으로 몰려 배를 타고 달아나니까 경찰이 그를 조수로 데리고 있었던 의사에게 왜 그를 놓아주었냐며 붙잡아 처형했어요. 경찰은 무장대를 찾아 산으로 몰려 갔고 붙잡힌 이들은 참수되었죠. 잘린 머리는 경고의 의미로 마을에 내걸렸어요. 저도 그 광경을 직접 목격했죠."

한라산으로 달아난 무장대원들은 먹을 것을 구하러 간간이 마을로 내려오곤 했다. 경찰은 마을 주민들에게 가시 돋친 담장을 세우도록 강요해 그들이 마을로 들어올 수 없도록 했다. 그리하여 산으로 들어간 사람들은 마을 사람들의 조력을 받을 수 없었고, '폭도와 내통'한 것으로 의심을 받은 사람은 나이와 성별에 관계 없이 붙잡혀 가서 처형을 당했다.

제주의 어느 곳보다 극심한 피해를 입었던 북촌의 한 여인은 많은 잔혹행위가 초등학교 운동장에서 자행되었다는 이야기를 전했다. "학살에서 살아남은 많은 할머니들이 경험담을 들려 주시더군요. 군인들이 마을에 처들어와서 집집마다 불을 지르고 사람들을 학교에 줄줄이 세워 놓은 다음 공산주의자라든가 폭도와 연고가 있다는 구실로 총살했다고요."

김종호 씨는 제주 사람들은 이념 문제와 관련이 없었다고 했다. "러시아 공산당과 미국 사이의 싸움이었죠. 한국은 둘 사이에 끼어 있었을 뿐이고. 매번 죄 없는 주민들만 희생당했죠."

제주4·3평화공원에서는 해마다 4·3 추념식이 열린다. 처음으로 매년 꼬박꼬박 제주에 오기 시작한 2007년에 나는 때마침 추념식에 참여할 기회가 있었다. 노인들을 비롯해 오천 명에 이르는 사람들이 버스를 타고 와서 향이 피워진 무대와 제단 앞쪽에 질서정연하게 자리를 잡고 앉았다. 공식 연설이 끝난 뒤 참석자들은 제단으로 올라가 4·3 희생자들을 기리며 하얀 국화를 올려 놓았다. 그 앞에서 많은 사람들이 눈물지었다.

지금 칠팔십대인 노인들은 4·3 당시 어린아이였거나 십대였을 것이다. 김종호 씨처럼 4·3에 대한 그들의 이해는 가족과 이웃들이 실제로 겪었던 참극과 집단적 슬픔,

그들이 목격한 대혼란에 대한 이야기에서 비롯되었을 것이다. 그로부터 70여 년이 흘렀지만 김종호 씨 같은 화가나 시인들은 지금의 삶에 영향을 미친 어린 시절의 경험을 지금도 두고두고 돌아본다.

처음 만난 날 김종호 씨는 '흔들림에 대하여'라는 제목의 자작시를 소개해 주었다. 제주인으로서의 비감을 통절하게 그려 낸 그의 시를 허락을 구해 이 자리에 옮겨 본다.

흔들림에 대하여

김종호

산다는 것은
순간에서 순간으로
끝없이 흔들리는 것

바람 부는
이러저러한 세상
더 얼마나 몸부림쳐야
강물처럼 유장하게 흐를 수 있나
또 얼마나 휘둘려야
바람처럼 훌훌 떠날 수 있나

벌새는 꿀 한 방울 얻으려고
1초에 90번의 날갯짓을 하고
꽃은 꽃이 되려고
그 겨울 땅속에서 그렇게
얼어붙은 꿈을 밀어 올린다

순간에서 순간으로
얼마나 흔들려야 나무처럼
꿋꿋하게 서랴.

로자리 맥티그 수녀

한림읍은 제주도에서 세 번째로 큰 도심지로, 제주시보다 애월과 더 가깝다. 제주시는 차로 30분이 걸리지만 한림읍은 10분이면 도착한다. 그래서 우리는 오일장이 설 때마다 자주 한림읍으로 나가 머리도 자르고, 사무용품도 사고, 가끔은 아이스크림콘도 사먹는다. 내가 맨 처음 한림읍에 가본 건 1987년이었다. 옷감에 관심이 있어서였다. 그 일이 아니었다면 아마 나는 제주도에서 전설적인 존재로 칭송받는 아일랜드 신부와 수녀에 대해 알 길이 없었을 것이다. 제주에 터를 잡은 후 나는 운 좋게도 그 두 분을 다 만나 볼 수 있었다. 그분들은 꼭 제주 출신이어야만 제주도의 사회·경제적 안녕에 기여할 수 있는 것은 아니라는 사실을 일깨워 주었다. 이곳에서 인생 역정을 헤쳐나가다 보면 그분들 생각이 자주 난다.

패트릭 제임스 맥글린치 신부는 1954년 4월, 스물여섯의 나이에 처음 제주 땅에 발을 디뎠다. 한국전쟁 이후 제주는 이루 말할 수 없이 피폐해져 있었다. 그는 주민들이 천연자원을 더 잘 활용할 수 있는 방안을 열심히 강구했다. 아일랜드 도니골에서 수의사의 아들로 자란 맥글린치는 동물과 목축에 대해 약간의 지식을 가지고 있었다. 하지만 그가 가축을 길러 보라고 권할 때마다 사람들은 한사코 반대하고 나섰다.

"농부들이 어찌나 고집불통이던지요. 5년 동안 아무리 떠들어 봐도 시간낭비였어요. '외국인이 여기 사정을 어떻게 알겠어?' 하고 생각하는 눈치였어요."

어른들한테 이야기해 봐야 쇠귀에 경 읽기라는 걸 깨닫고 그는 청소년 단체인 4H 클럽을 조직한 뒤 청소년들에게 돼지를 더 잘 먹이고 기를 수 있는 방법을 가르치기 시작했다. 처음 제주에 와서 주민들이 돗통시(똥돼지 변소)에서 돼지를 기르는 모습을 보고 그는 경악을 금치 못했다. 이는 13세기에 제주를 점령했던 몽골인들로부터 전해진 관습이었다.

섬 어디에서나 정신장애가 있는 아이들을 볼 수 있었는데, 짐작건대 선모충병 때문인 듯했다. 사람 똥을 먹고 자란 돼지고기를 제대로 익혀 먹지 않았을 때 기생충이 사람의 뇌에 침투해서 생기는 병이었다.

한림이 어항漁港인지라 그는 청소년들에게 생선 대가리와 그 밖에 어부들이 사용하지 않고 버리는 부위들을 모아오도록 시켰다. "돼지에게는 단백질이 필수입니다." 그는 힘주어 말했다. 제주 돼지는 단백질을 먹이지 않아서 3년을 키워도 몸무게가 50킬로그램이 채 나가지 않았다. "길가에 토끼풀이 지천이어서 우리는 아이들에게 날생선과 토끼풀, 보리밥을 섞어서 먹이라고 가르쳤습니다."

맥글린치 신부는 주민들에게 목축업과 유기농법을 전파하고, 나아가 오늘날 종마목장으로 명성이 높은 성이시돌목장을 설립했다. 그리고 목장에서 생산한 유기농 우유와 치즈, 쇠고기를 판매한 수입으로 병원과 양로원, 호스피스 병동, 청소년 수련원, 요양원, 유치원과 유아원까지 설립하기에 이른다. 이처럼 수십 년간 제주에 기여한 공로를 인정받아 맥글린치 신부는 2014년 대한민국 최고의 훈장인 국민훈장 모란장을 받았다.

잘 알려지지 않은 사실이지만 맥글린치 신부가 1960년대에 추진했던 또 다른 프로젝트가 있었다. 그는 어떻게 하면 제주 여성들의 생계를 도울 수 있을지 고심한 끝에 아일랜드 매게라모어의 성골롬반 외방선교수녀회에 끈질기게 호소하여 메리 젬마 수녀로부터 아일랜드 수녀 세 명을 파견받았다. 이들은 한림에 세운 방직공장에서 제주 여성 수천 명과 함께 아일랜드 전통의 애런 스웨터를 짰다. 이때 제주도로 건너와 1962년에 한림수직이 설립되는 데 이바지한 세 수녀가 바로 로자리 맥티그, 브리드 케니, 엘리자베스 타페 수녀였다.

* * *

1987년에 내가 처음으로 한림수직을 방문했을 때는 아마 로자리 수녀님이 그곳에 계셨을 것이다. 하지만 당시엔 그녀를 만난 기억이 없다. 그때 나는 애런 제도 고유의 스타일로 짠 스웨터 하나와 파랑, 초록, 자홍색의 격자무늬가 있는 숄 하나를 샀다. 손으로 짠 이 제품들은 이후로 오래도록 기억의 실타래를 풀어 내며 제주도를 향한 열망을 자극했다. 그러나 내가 한림수직의 역사를 제대로 알게 된 것은 그로부터 무려 25년이나 지난 뒤였다. 2012년에 제주시에 있는 성골롬반 수사회의 사제들을 방문했다가 방직공장 프로젝트를 관장했던 수녀들의 이름을 듣게 된 것이다. "그분들은 지금 어디 계시죠?"

로자리 수녀가 1999년에 제주를 떠나 아일랜드 매게라모어에 살고 있다는 대답을 듣고서 나는 그녀에게 편지를 썼다. 제주에 대해 어떤 기억을 가지고 있는지, 또 한림수직에서 젊은 여성들과 어떻게 일했었는지 들려줄 수 있느냐고. 로자리 수녀는 제주에서 36년의 세월을 보냈다. 공장의 반원형 막사들이 있었던 자리에는 다른 건물이 들어섰고, 현재 이 건물은 1950년대에 맥글린치 신부가 지은 성당에서 사용 중이다. 그래도 여전히 내 귀에는 달각거리는 직조기 소리가 들리는 듯하다. 그리고 그녀의 이야기를 듣고 나니 그녀가 이곳에서 살았던 모습도 눈앞에 그려지는 듯하다.

"맥글린치 신부님의 부름에 누가 응하게 되든 한림수직은 벅찬 비전이자 어려운 주문이었어요. 프로젝트를 맡게 된 우리는 털실이 공장에 도착한 순간부터 여러 단계의 직조 공정을 거쳐 가깝고 먼 매장들에 섬유와 의류를 판매하기까지의 전체 과정을 총괄하는 책임을 지게 되었죠. 맥글린치 신부님은 털실을 공급해 주시고 공장의 자립이 가능해질 때까지 재정 관리를 도와 주셨어요.

우리가 이곳에 도착한 1961년 당시의 제주에는 대중교통
이라는 것이 거의 없다시피했어요. 믿을 만한 교통수단
은 교구의 지프차였죠. 특히 섬을 사보질러 징기리를 가

야 할 때는 더더욱 그랬죠. 우리는 제주도 특유의 조그만 조랑말에 푹 빠졌고, 조랑말의 찰랑찰랑한 꼬리와 귀여운 얼굴, 들판으로 풀을 뜯으러 갈 때나 험로로 짐을 싣고 갈 때의 그 앙증맞은 걸음걸이에 반해버렸죠.

공장 부지는 수녀원과 아주 가까이 있었어요. 맥글린치 신부님이 다섯 동의 반원형 막사에 우리 숙소를 마련해 주셨죠. 직조기는 미국해외선교회에서 제공받은 직조기를 본떠서 동네 목수들이 작은 것 3대와 큰 것 15대를 만들었어요. 공장 가동을 위해 꼭 필요한 물은 수맥 탐지자의 도움으로 확보했어요. 성골롬반 외방선교회의 신부님

중에 수맥탐지자 형제를 둔 분이 있었는데, 그에게 공장 부지의 사진을 보여주니 아일랜드에서 수맥탐지 장비를 동원해 물이 콸콸 솟아나는 샘물 자리를 찾아 주었어요. 그렇게 해서 물을 찾았다니까요... 그런 뒤에 본격적인 프로젝트가 진행되었어요.

선교사가 선교지에서 떠날 때 가장 힘든 점은 오랜 기간 동고동락했던 사람들과 작별 인사를 해야 하는 거예요. 저도 한림을 떠날 때 그랬죠. 36년 동안 저는 동네는 물론이고 타지 사람들까지 방직 일로 윤택한 삶을 일궈 나가는 모습을 지켜보았어요. 제주 사람들이 자신과 가족들의 삶을 풍요롭게 만들어 줄 기술을 갈고닦는 모습을 보게 해주신 하느님께 동료 수녀들과 함께 감사드렸죠. 아이들은 부모가 방직공장과 집에서 제품을 만들어 벌어들인 수입 덕분에 교육을 받을 수 있었어요. 함께 열정을 불태웠던 사람들이 보여주는 우정과 신의로 저는 마음이 풍족했습니다. 늘 한국적 삶의 방식에 내재된 문화적 가치를 지지하고, 늘 복음의 가치를 증명하고자 최선을 다했죠. 직원들과 야유회를 가서 함께 노래하고 춤추고 이야기를 나누며 잠깐의 여유를 즐겼던 날들의 행복한 추억이 지금도 가슴속에 고스란히 남아 있습니다. 한림수직은 단순히 일만 하는 공간이 아니었답니다."

* * *

애초부터 아일랜드로 건너가 로자리 수녀를 만날 생각
을 한 것은 아니다. 처음엔 그녀가 위클로 동부의 작은 마
을 매게라모어에서 평화롭게 살고 있다는 사실을 알게 된
것만으로도 기뻤다. 하지만 아일랜드 서쪽 연안에 자리한
애런 제도가 제주도와 비슷한 점이 많다는 친구의 말에
갑자기 호기심이 일었다. 두 섬 다 바람이 거세고, 구불구
불한 돌담이 풍경을 수놓고 있으며, 용도는 다르지만 해
초를 많이 사용하는 점이 비슷하다. 땅이 척박한 애런 제
도 농부들은 모래와 해초를 섞은 모판에 감자를 재배한
다. "제주도랑 비슷한 점을 찾게 될 거야"라면서 친구는
또 〈애런의 사람들〉이라는 영화도 추천해 주었다. 〈애런
의 사람들〉은 1934년에 발표된 아일랜드 다큐멘터리로,
로버트 J. 플래허티 감독이 애런 제도 세 섬의 혹독한 삶
을 그린 작품이다.

영화를 보고 난 뒤 나는 아일랜드로 떠날 구실을 찾기
시작했다. 한림수직 옷감의 문양이 애런 제도의 것을 본

뜬 것인데 내가 아일랜드로 건너가 매게라모어에 있는 로자리 수녀를 만나면 안 될 이유가 어디 있겠는가. 게다가 메게라모어는 더블린에서 남쪽으로 한 시간 거리밖에 안 된다. 그런 다음엔 로자리 수녀가 태어난 곳에 가보고, 그녀가 방직 기술을 배워 왔던 공장들을 둘러보고, 제주 여인들이 경제적 자활을 위해 모방했던 애런 스웨터의 본고장 이니시모어를 여행하는 거다! 나는 로자리 수녀에게 편지를 보냈다. "건강히 계세요. 아일랜드에서 뵐게요."

2013년에 아일랜드로 갈 채비를 하면서 나는 전에 한림수직이 있었던 곳을 찾아가 성당 직원을 한 명 만났다. 그녀는 로자리 수녀가 제주에 머무는 동안 젊은 장애인 여성을 안타깝게 여겨 많은 도움을 주었다는 이야기를 전해 주었다. 당시엔 흔했던 소아마비를 앓은 여성이었다. 이 여성에게는 의지할 가족이 없었다. 그래서 로자리 수녀는 그녀를 교구의 조그만 공간에서 살게 해주었다. 그들은 서로 계속 연락하며 지냈고, 매년 크리스마스 때면 서로에게 안부전화를 했다. 지금은 팔십대가 된 그 장애인 할머니 댁을 찾아가니, 아일랜드에 갈 때 가져가라며 내게 사진 몇 장을 주었다. "로자리 수녀님께 전해 줘요."

아일랜드로의 여행에는 남편 잰과 한녕숙이 동행했다.

영숙과는 〈물때 - 제주의 바다 할망〉을 쓸 때 번역과 통역을 해준 인연으로 친구가 되었다.

2013년 가을에 우리는 위클로우의 성골롬반 선교수녀회에 도착했다. 잰은 자기 형이 수십 년 전에 사주었던 애런 스웨터를 입고 있었다. 그는 손으로 짠 스웨터가 50년 넘게 갈 수 있다는 사실을 증명해 보여서 그들을 기쁘게 해주고 싶어했다! 나는 1980년대에 한림수직에서 구입한 격자무늬 숄을 가져갔다. 로자리 수녀에게 전해줄 장애인 할머니의 사진과 해녀의 이야기가 담긴 〈물때〉 책도 잊지 않고 챙겼다.

로자리 수녀는 책을 받아 들고는 마치 비단 견본을 살피듯 한 장 한 장 찬찬히 책장을 넘겼다. 사진 한 장 한 장에 옛 기억이 새록새록 떠오르는 모양이었다. 그중 한 사진에는 면으로 된 모자를 쓴 옛날 해녀의 모습이 담겨 있었다. "아, 우리도 이런 모자가 있었어요." 내가 '한국인은 동방의 아일랜드인'이라는 말을 들으면서 자랐다고 이야기해 주었더니 그녀도 맞장구를 쳤다. "네, 사람들을 대하는 태도가 비슷한 것 같아요. 인정 많고 잘 베풀고. 두 민족 다 많이 웃고, 많이 울고, 노래와 춤을 좋아하죠."

로자리 수녀는 내게 가까이 다가앉아 계속 말을 이어

갔다. "한국 사람도 아일랜드 사람처럼 고초를 많이 겪었죠. 그래도 여전히 아름다움은 잃지 않았어요." 갈옷(풋감의 떫은 물로 염색하여 만든 옷) 입은 여인들의 사진에서 로자리 수녀가 눈을 떼지 못했다. "제주도에 흔한 옷이죠. 육지엔 저런 옷이 없어요." 그녀는 눈을 반짝이며 솔직하고 진지하게 대화에 임했다. 젊은 제주 여인들에게 그녀가 얼마나 존경받고 사랑받았을지 충분히 짐작이 갔다. 더블린 왕립음악원에서 수학했을 만큼 음악적 소양이 풍부했던 로자리 수녀는 아마 〈사운드 오브 뮤직〉에 나오는 마리아 수녀처럼 틀림없이 활기가 넘쳤을 것이다. 제주의 힘겨운 전후 상황과 고집 센 섬사람들을 상대하려면 가톨릭 신앙에 더해 기운도 팔팔해야 했으리라.

담소를 나눈 뒤 우리는 구내식당으로 자리를 옮겼다. 로자리 수녀는 자리에 앉을 새도 없이 분주히 오가며 음식을 날랐다. 다른 수녀가 그녀를 만류했다. "수녀님, 손님이랑 같이 앉아 계세요." 그러고는 그 수녀가 내게 다가와서 귓속말을 했다. "오늘 수녀님이 너무 기분이 좋아서 그런지 혼이 쏙 나가셨네요!" 함께 앉아서 점심을 먹는 동안 영숙과 로자리 수녀, 그리고 다른 수녀 몇몇이 한국어로 이야기를 나누었다. 아직도 그늘이 한국어를 알아들고 말할 수 있다는 게 신기했다. 식당에 있던 다른 수녀 몇 명도 우리에게 와서 인사하고는 자신들도 한국에서 사역했었고 매년 크리스마스 때마다 배달되어 오는 한국 과자를 잘 먹고 있다는 인사를 전했다.

로자리 수녀와 함께 한 시간은 채 두 시간이 되지 않았다. 그녀가 우리를 대접하느라 진을 빼게 하고 싶지는 않았다. 은퇴 수녀들의 숙소 입구에서 작별인사를 하며 우리는 서로 따뜻한 포옹을 나누었다. 다시 그녀를 볼 기회는 없으리라. 몇 개월 뒤 나는 청록색 모헤어털 목도리를 떠서 크리스마스 선물로 그녀에게 보냈다. 그녀는 내게 매게라모어 주변의 풍경이 담긴 엽서 묶음과 함께 크리스마스 카드를 보내주었다.

로자리 수녀의 건강이 악화되면서 우리는 서신 왕래를 지속할 수 없었다. 2015년 10월 22일, 그녀는 갑작스런 병으로 선종했다. 매게라모어의 수녀회로 맥글린치 신부가 애도의 메시지를 보내 왔다. 그는 로자리 수녀가 평생단 한 번도 병원에 입원한 적이 없었던 것을 기억했다. 그만큼 그녀는 삶의 마지막 순간까지 강한 의지력과 정신력을 보였다.

애석하게도 제주에 대한 역사서들에는 그녀의 장기사

역을 다룬 기록이 없는 듯하다. 다만 성이시돌목장에 가면 한림수직에 관한 상설전시를 관람할 수 있다. 전시품 중에는 맥글린치 신부의 아버지가 아일랜드에서 견본으로 쓰라고 보내준 오리지널 직기도 있다. 로자리 수녀, 브리드 케니 수녀, 엘리자베스 타페 수녀의 헌신적인 지도 아래 한림수직은 한때 방직공장에서 일하는 여성 80명, 집에서 애런 스위터를 짜는 여성 1만 3천 명을 고용하기도 했다. 대부분이 처음 돈벌이를 하는 사람들이었다. 로자리 수녀의 마케팅 능력 덕분에 한림수직 제품들은 좋은 평판을 얻어 서울의 조선호텔에 납품되기도 했다. 제주 현지에서도 한국 해군과 미국 평화봉사단 자원봉사자들이 주문을 넣었다.

로자리 수녀는 36년간의 선교사역을 마치고 1999년에 아일랜드로 돌아갔다. 그녀가 떠난 뒤 방직공장은 결국 문을 닫았다. 공장은 폐업했어도 그녀의 소중한 발자취는 아직 남아 있다. 애월에서 한림 시내로 차를 몰고 갈 때마다 한때 공장 부지를 공유했던 가톨릭 교구의 우뚝 솟은 첨탑이 보인다. 애런 스웨터를 입을 때마다 로자리 수녀가 생각난다. 이 불요불굴의 아일랜드 수녀는 내 인생에서 마치 달빛과도 같았다. 잠깐의 스침이었지만 그 여운은 오래도록 남았다.

* 2018년 4월, 맥글린치 신부가 제주에서 선종했다. 그의 유해는 성이시돌목
  장에 묻혔다.

제주의 평화

어디에 사느냐는 질문을 받으면 내 얼굴엔 절로 미소가 번진다. "제주도요." 그저 소리 내어 말하는 것만으로도 '제주도'라는 세 음절의 소리는 마음의 평화를 불러온다. 상대방이 이어서 어떤 질문을 하느냐에 따라 대화의 방향이 달라진다. "할머니들이 산소통 없이 잠수한다는 거기요?" '세계 평화의 섬'으로 지정되기도 한 제주도가 해녀와 동일시되는 것도 무리는 아니다. 해녀라는 존재가 단순한 잠수부 이상의 의미를 지닌다는 사실을 모르는 사람들이 아직 많다. 해녀들은 예로부터 인권과 환경보호를 위해 열심히 싸워 왔다. 손을 맞잡는 것만큼이나 그들에겐 투쟁이 자연스러운 일이었다.

1970년대부터 사회운동에 참여해 온 나는 늘 세계평화, 특히 한반도의 평화를 지지할 방안을 모색해 왔다.

2017년에는 제주 평화포럼 사무국으로부터 해녀에 대해 이야기하는 패널로 참여해 달라는 초청이 왔다. 2016년에 해녀가 유네스코 인류무형문화유산으로 인정을 받았고, 내 책 〈물때 – 제주의 바다 할망〉이 해녀에 관한 책이었기 때문이다. 해녀의 생계가 환경보존 및 세계평화와 불가분의 관계에 있으며 현재 그들의 생계가 위협받고 있는 만큼 그러한 논의를 하기에 적절한 때였다.

초청된 패널들은 모두 스토리텔러였다. 저마다 구술역사, 영화, 사진, 문자언어 등 각자의 방식으로 해녀의 문화와 정신을 기록해 온 사람들이었다. 해녀는 국내외 매체들의 지속적인 관심을 받고 있다. 연설에서 나는 책을 쓰기 위한 연구를 시작했을 때만 하더라도 해녀에 대해 아는 바가 거의 없었다고 털어놓았다. 고령의 나이에도 물질을 해내는 그들의 능력에 경외감을 느낀 것은 말할 것도 없다. 그러나 현장조사를 해나가는 과정에서 엄마로서, 농부로서, 지역사회의 일꾼으로서, 환경운동가로서 살아온 그들의 다면적 삶에 대해서 더 자세히 알게 되었다.

실제 저술에 들어가서는 달의 인력에 영향을 받는 조수 潮水 즉 '물때'에 비유해 해녀들의 유동적인 삶을 표현했다. 해녀들의 잠수 일정과 안전은 물때에 의해 결정된다.

다른 한국인들도 설날이나 추석 같은 중요한 명절을 음력 날짜에 따라 치른다. 그래서 나는 이 여인들의 삶을 경제적 생존, 가족에 대한 사랑, 미래 세대를 위한 희망이라는 '바람과 조수'에 실려 부유하는 모습으로 형상화했다.

마무리 발언에서는 제주의 각급 학교 학생들을 모두 쓰레기 치우기와 환경보호 활동에 참여시키는 해변정화 프로그램을 지속적으로 추진해 주십사 제주도청에 탄원했다. 이런 활동을 통해 젊은 세대들은 해녀들을 더욱 공경하고 자신들의 미래를 위해 환경을 더 잘 지킬 수 있다.

제주도를 처음 찾은 사람들이 으레 그렇듯 나도 무엇보다 먼저 섬 중앙에 우뚝 솟은 한라산과 물결치듯 펼쳐진 풍경, 바닷가 마을들에 마음을 빼앗겼다. 지금도 해변으로 밀려와 부서지는 파도를 보고 있노라면 나도 모르게 두 손 모아 빌게 된다. 대자연은 이런 식으로 우리에게 겸손할 것을, 그리고 자연의 장엄함에 감사할 것을 상기시킨다.

하지만 요즘은 제주가 무너져가는 모습에 한탄하지 않을 수 없다. 나를 이곳에 살도록 유혹했던 천혜의 자연이 덧없이 훼손되어 가는 모습을 보게 되리라고 누가 상상이나 했겠는가. 요즘 제주의 자연이 위험에 처했다는 보도가 자주 흘러나오면서, 제주 마을 곳곳은 과도한 개발과 신당의 훼손, 퇴거 강요, 우려스러운 군사화에 항의하는 시위장이 되어 가고 있다.

커져가는 불안 속에서도 나는 아직 바다 위에 동동 떠 있는 이 조그마한 점 위에서 사는 것이 너무나 행복하다. 하지만 국가와 정부 부처, 사람들 사이에 더욱 많은 대화가 오가고 행정적 처리가 더욱 투명하게 이루어지기를 바란다. 한 아이를 키우려면 온 마을이 필요하듯, 섬 하나를 보존하려면 대대적인 운동이 필요하다.

앞으로도 계속 '제주도'라는 세 음절은 낭랑하게 울리며 마음의 평화를 부르는 소리로 남아야만 한다.

하나의 행성.

하나의 바다.

보광사 묵상

오늘날의 세상은 인터넷으로 연결돼 있다. 먼 곳의 지진이나 해일 소식이나 전쟁 소식은 물론이고 먼 나라 산간 마을에서 일어난 작은 일도 금세 사람들의 핸드폰으로 전송된다. 페이스북, 페이스타임 채팅, 카톡, 인스타그램은 문자 그대로 24시간 돌아가는 뉴스 공장이다. 이런 세상에 살고 있으니 머나먼 화산섬 제주에 있는데도 정보의 홍수로부터 자유로울 수 없다. 남편과 나는 하루만 세상과 단절하기로 했다. 닷새 뒤로 다가온 둘째 아들 토미의 11월 13일 서른아홉 번째 생일을 조용히 기념하기 위해서였다.

1994년 2월 1일에 아들이 심장마비로 세상을 떠난 이후 우리는 애도의 달인이 되었다. 당시는 빌 클린턴 대통령 재임 시절이었다. 미국 사람들은 셀린 디온의 '파워 오브 러브'를 듣고 있었다. 세월은 흘러도 기억은 생생하다. 세상과 단절하는 이유는 아마도 기억을 온전히 되살리고 싶어서일 것이다.

그날 세상과 단절하기 전에 나는 페이스북에 '세계 평화에 대해 묵상하러 이곳으로 갑니다'라는 메시지와 함께 근처 사찰 사진을 하나 올렸다. 팀 쇼록이라는 친구가 그 글에 댓글을 달았다. "나중에 어떤 결론이 났는지 알려 줘요." 그렇게 우리는 우리 마을 애월과 아주 가까운 고내봉 오름을 향해 출발했다.

잰은 자전거를 타고 가다가 우연히 보광사를 발견했다. 내가 자전거로 언덕을 올라갈 때 힘들어하는 걸 잘 알기에 처음에는 잰이 나를 차로 데리고 갔다. 나는 첫눈에 보광사에 반해버렸고, 토미의 생일날 한영숙과 그녀의 아들 성민을 데리고 같이 가면 정말 좋겠다고 생각했다. 우리는 이날 차를 아래쪽에 주차해 놓고 보광사를 향해 걸어갔다. 나는 불교 신자가 아니다. 실은 감리교 신자로 자랐고 할아버지가 목사이기도 했다. 그런데도 넷이서 말없이 가부좌를 틀고 앉아 있노라니 너무나 편안하고 심신이 치유되는 듯한 느낌이 들었다.

나는 제주 토박이이자 불교 신자인 영숙에게 우리 머

리 위에 매달려 있는 연꽃 모양의 분홍색 등이 무엇이냐고 물었다. 연등은 한국의 많은 사찰들에서 볼 수 있으며, 해마다 석가탄신일인 음력 4월 8일이 되면 사람들이 절에 찾아와 연등을 매달며 소원을 빈다고 영숙은 설명해 주었다. 길쭉한 종이에 소원을 비는 사람의 이름을 써서 바람에 나부끼도록 연등에 매달아 놓는 것이다. 이런 연등은 다음해에 새로운 것으로 교체될 때까지 1년 동안 천장에 매달려 있다. 나는 연등을 영구적으로 두지 않는 아이디어가 마음에 든다. 하긴 해마다 새로운 사람들이 찾아와서 소원을 빌 테니 계속 새로운 소원을 위한 연등이 필요할 것이다. 나는 계속 잠자코 앉아서 잠시나마 숨을 돌릴 수 있기를 빌었다.

절에서 묵상을 마친 뒤 우리는 길을 따라 올라가며 무수한 봉분들을 지나쳤다. 상류층의 묘지는 둥그렇게 쌓은 낮은 돌담에 둘러싸여 있었다. 다른 묘지들엔 뚜렷한 구획이 없었다. 일부 무덤엔 묘비가 세워져 있었다. 영숙은 요즘은 묘지 쓸 공간도 비싸고 반드시 매장을 해야 한다는 인식도 엷어져 시신을 화장하는 추세라고 했다. 다들 물끄러미 무덤들을 바라보고 있는데 영숙이 느닷없이 아들에게 당부했다. "나한테는 거추장스러운 거 하나도 하

지 마라. 죽으면 그만이지." 아들이 곧바로 되받아쳤다.
"제가 죽으면 재를 아무데나 뿌려 주세요."

높은 데서 내려다보니 올록볼록한 풍광을 그리고 있는
열일곱 개의 다른 오름들이 보였다. 남한의 최고봉인 한
라산은 언제나 제주의 관심과 숭배를 한몸에 받는다. 한
라산과 관련된 역사와 신화도 넘쳐난다. 하지만 완만한

비탈과 용눈이, 새별, 백약이, 윤드리 같은 시적인 이름으로 오솔길을 품고 있는 백여 개의 구릉이 없었더라면 여행자들이 과연 그 넘실대는 풍광을 발밑으로 체감할 수 있었을까.

집으로 돌아와서 페이스북을 다시 연 뒤 나는 팀 쇼록을 위해 내가 얻은 결론을 적었다. "대자연의 품에서 매일 고요히 앉아 있으면 마음이 열립니다." 나는 그날 새로이 결심했다. 나와는 다른 의견을 가진 사람의 말에 보다 진지하게 귀기울이고 차이점보다는 공통점을 더 찾을 수 있는 사람이 되겠다고. 우는 소리를 하고 냉소적으로 굴어

봤자 얻어지는 건 아무 것도 없으니까.

소셜 미디어가 가족과 친구들이 각자 자신의 의견을 표현하고 서로의 의견에 관여하는 하나의 방법이 되었음에는 의심의 여지가 없다. 하지만 무엇도 유형의 선물을 대체할 수는 없다. 우리가 차를 세워둔 곳으로 내려가고 있는데 산불감시원이 우리를 불러세웠다. "이것 좀 가져가세요." 그는 우리에게 잘 익은 귤이 네 개 달려 있는 나뭇가지 하나를 내밀었다. 모르는 사람과도 음식을 나누는 제주 사람들의 넉넉한 마음이 고마웠다. 나는 그 귤들을 가방에 담았다. 우리 둘째의 짧지만 분명히 실존했던 열여섯 인생을 뜻하는 의미로 바닥에서 주운 솔방울 열여섯 개와 함께.

외국어를 배울 때 관심 있는 분야의 내용으로 시작하면 더 쉽고 빠르게 익힐 수 있다고 누군가 충고해준 적이 있다. 먹는 걸 좋아하는 사람이라면 한국어를 배울 때 '식사'라는 단어부터 공부하라는 것이다.

어린 시절 내내 나에게 한국어와 음식은 달걀의 노른자와 흰자처럼 서로 불가분의 관계였다. LA에서 살 때 할머니랑 같이 살았는데, 부모님 모두 하루 종일 일을 하셨기에 할머니가 주방 살림을 맡아 아침과 저녁을 챙겨 주셨다. 점심으로는 학교에 참치 샌드위치 도시락을 싸가거나 학교 식당에 가서 사먹었다. 매주 목요일은 햄버거와 휘핑크림을 얹은 젤로를 먹을 수 있어서 좋았다. 집에서 먹는 저녁 식탁에는 밥, 상추 샐러드, 데친 브로콜리, 김치, 양다리 구이 등 한국과 미국의 음식이 함께 올라오곤 했

다. 요식업계에 '퓨전'이라는 말이 유행하기 전부터 이미
우리는 퓨전 음식을 먹고 있었던 것이다. 추수감사절 다
음날 우리는 여느 미국 집들처럼 남은 칠면조로 샌드위치
를 만들어 먹지 않았다. 한국 사람들은 대개 칠면조를 넣
고 죽을 끓여서 참기름과 간장, 다진 파를 곁들여 먹었다.

나는 할머니가 아침식사로 만들어 주신 팬케이크를 특
히 좋아했다. 할머니는 팬케이크도 한국의 부침개처럼
부치면 될 거라고 생각하셨던 모양이다. 할머니가 쇼트
닝—그때는 냉압착 엑스트라 버진 올리브유가 유행하기
훨씬 전이었다—을 듬뿍 붓고 부쳐 낸 팬케이크는 가장
자리가 늘 바삭바삭했다. 지금까지도 나는 팬케이크의 지
름이 13센티미터가 안 넘고 한국 부침개처럼 가장자리가
바삭바삭하지 않으면 먹지를 않는다.

요리를 하지 않으실 때 할머니는 나와 여동생에게 한
국어 쓰기와 말하기를 가르쳐 주셨다. 십대 때 우리는 한
국어 실력을 향상시키기 위해 지역 한인 교회의 여름학교
를 다녔다. 몇 년 뒤엔 과외 교사를 구해서 공부했고, 인
디애나 주 블루밍턴으로 건너가 연세대학교가 후원하는
집중 랭귀지 프로그램을 8주간 이수하기도 했다. 이처럼
한국어를 배우려는 수차례의 시도에도 불구하고 여전히

나는 각종 문법 구조보다 음식과 관련된 어휘를 더 많이 안다.

한국어 학습의 전환점은 한국어에 몰입할 수 있는 기회와 더불어 찾아왔다. 제주에 정착하기 전에도 제주에 자주 오긴 했지만, 한 번 올 때 1년 이상씩 살게 되면서부터 내 한국어 실력은 눈에 띄게 향상되었다. 압도적 다수의 한국인 친구들과 지내다 보니 그저 그들의 말을 듣고, 대꾸하고, 흉내를 내고, 대화 주제와 관련된 질문을 하는 수밖에 다른 도리가 없었다. 친구들과 공유하는 관심사가 있으면 대화를 훨씬 더 잘 이해할 수 있다. 그래서 나는 작가, 화가, 직물공예가, 영화제작자, 디자이너, 교사, 요리사 친구를 두고 있다.

내 한국인 친구 중에는 카페 주인 영순이 있다. 애월로 이사하기 전에 살았던 귀덕리의 해안도로를 어느 날 잰과 함께 자전거를 타고 가는데 시선이 확 끌리는 철제 컨테이너 카페가 있었다. 컨테이너를 이용한 건축 방식은 제주에서 인기 있는 트렌드로 비용도 적게 든다. 우리가 다가가자 영숙네 개 행복이가 요란하게 짖어댔고 그 소리에 영순은 급히 우리를 맞으러 나왔다. 둘 다 바다를 사랑하고 요리하기를 좋아해 우리는 금세 친구가 되었다. 영순에게 제주 해녀에 대한 내 책을 보여주니, 영순은 자기 어머니도 돌아가시기 전까지 해녀로 일하셨다고 했다. 카페와 펜션은 몇 년 전 어머니로부터 물려받은 땅에다 지은 것이었다.

나는 영순의 식당에서 자주 식사를 한다. 내가 제일 좋아하는 메뉴는 김이 모락모락 나는 밥에 신선한 성게를 얹은 성게비빔밥이다. 영순네 해물파스타에 들어가는 문어는 인근 해녀들이 당일 잡은 것이고, 샐러드에 쓰는 상추, 아르굴라, 고수 같은 채소는 영순네 텃밭에서 직접 기른 것이다. 제주 감귤은 오일&비니거 드레싱과 허브차에 묘하게 색다른 맛을 선사한다.

어느 날 영순은 나에게 한국 사찰음식 요리책을 보여주었다. 삑삑 울리는 주전자처럼 나는 머릿속에 퍼뜩 떠오른 아이디어를 소리 내어 말하지 않을 수 없었다. 함께 요리를 하면서 서로 영어와 한국어를 가르쳐 주면 어떨까? 영순네 가게를 2개국어가 펼쳐지는 대화의 장으로 삼아 매주 한 번씩 만나 아침식사를 준비하는 것이다. 영순도 내 아이디어를 마음에 들어했고, 그리하여 우리는 매주 화요일 아침 손님들이 오기 전 시간을 활용해 만남을 갖기 시작했다.

나는 영순에게 외국인 손님이 왔을 때 영어로 인사하
는 법부터 가르쳐주었다.

"Hello, welcome to my café. My name is Stella.
Please have a seat here. Would you like to see a
menu? Make yourself comfortable and I will be back
to take your order. (어서오세요. 저는 스텔라예요. 이쪽으로
앉으세요. 메뉴판 보시겠습니까? 편히 보고 계시면 이따가 주문
받으러 다시 오겠습니다.)"라든가 "If you need to use the
restroom, it's outside over there. (화장실은 바깥에 나
가시면 저쪽 편에 있습니다.)" 등등.

수업을 시작하고 몇 주 뒤 우리 둘 다 아는 또 다른 친
구 은정이 자신도 끼워 달라고 했다. 은정네 부부는 저지
예술인마을에서 갤러리를 운영하고 있다. 매번 모일 때
마다 나는 그들이 못 먹어봤음직한 음식을 준비했다. 한
번은 허머스 소스를 만들면서 'Middle Eastern(중동의)',
'blend(섞다)', 'chickpeas(병아리콩)', 'tahini(타히니, 참깨
를 으깬 반죽 또는 소스)', 'cumin(쿠민, 미나리과 식물로 씨앗
을 양념으로 씀)', 'paprika(파프리카)', 'lemon(레몬)', 'olive
oil(올리브유)' 따위의 단어들을 가르쳐 주었다. 나 역시 이
단어들에 해당하는 한국어 단어를 배웠다. 또 한번은 추

수감사절 때 쓰고 남은 드레싱과 초록색 페루 소스를 나눠주기도 했다. 수업은 매주 이런 식으로 진행되었다. 영순은 프리타타(달걀 푼 것에 채소, 육류, 치즈, 파스타 등의 재료를 넣어서 만드는 이탈리아식 오믈렛)를 자주 만들었고, 은정은 레드키위 같은 귀한 과일들을 가지고 왔다. 우리는 서로 "bon appetit"나 "맛있게 드세요" 같은 말들을 주고받았다. 뒤늦게 깨달은 사실이지만 그런 음식들은 삶과 죽음, 노화, 결혼, 자녀에 대해서 우리가 나눈 육즙 풍부한 대화에 비하면 애피타이저에 불과한 것이었다.

이러한 대화들을 나누던 중 어느 시점에 우리는 다들 사랑하는 이의 예기치 못한 죽음을 경험한 적이 있다는 사실을 알게 되었다. 영순의 아버지는 영순이 스무 살 때 오토바이 사고로 돌아가셨고, 은정의 첫 남편은 헬리콥터 추락 사고로 사망했다. 나는 둘째를 잃은 경험담을 회고록 〈미역국 한 그릇 ─ 슬픔의 바다에서 찾아낸 치유의 선물〉에 썼었다. 영순과 은정 모두 이 책의 한국어 번역본을 읽고 싶어했다. 제주도에 내가 가지고 있던 번역서가 한 권뿐이어서 두 사람은 그 책을 차례로 읽었다. 에세이 한 꼭지에는 내 인생의 서로 다른 시기에 나에게 미역국을 끓여다 준 두 명의 김씨 부인 덕분에 큰 위로를 받았다는 내용이 있다. 한 번은 큰아들 데이비드를 낳았을 때, 다른 한 번은 둘째 토미를 잃었을 때였다.

내 책을 읽고 난 영순이 다음번 아침식사와 랭귀지 수업 때 자기가 미역국을 준비하겠노라고 선언했다. "우리 스스로의 힐링을 위해 끓이고 싶어." 그 다음주에 우리는 뜨끈한 국물 속을 헤엄치는 미끈미끈한 미역 줄기들을 씹으면서 서로의 슬픔을 음미할 수 있었다. 우리는 서로에게 무언의 위로를 건넸다. 굳이 통역이 필요없는.

끝맺으며

집을 처음 지을 당시만 하더라도 우리가 앞으로 미국
과 한국을 얼마나 자주 오가면서 살게 될지 확실치 않았
다. 잰에게는 한국 영주권이 있었다. 다시 말해 그는 비자
기간 만료로 3개월마다 한국을 떠나야 하는 불편함을 면
할 수 있었다. 하지만 영주권을 유지하려면 또 반대로 외
국에 나갔다가도 최소한 2년에 한 번씩은 한국으로 들어
와야 했다. 이곳에서 생활하고 있으니 이 조건을 충족하
는 데는 문제가 없었다. 반면에 나는 여전히 3개월 이상
한국에 체류하는 데 제한을 받고 있었다. 그런 답답한 상
황에서 친구 제이 킴이 한 줄기 빛을 내려 주었다.

어느 날 비자 갱신을 위해 다시 미국에 나갔다 와야 할
것 같다고 했더니 제이가 일전에 내가 했던 말을 떠올리
고 너무나도 귀중한 정보를 준 것이다. 전에 나는 우리 할

아버지 임정구 목사가 2013년에 국가보훈처로부터 독립
유공자로 인정받았다는 이야기를 한 적이 있었다. "독립
유공자 후손은 한국 국적을 취득할 수 있다고 하던데요."
이 반가운 소식이 사실임을 확인하자마자 나는 곧바로 법
적인 절차에 들어가 2016년, 마침내 이중국적을 취득했
다. 그런데 비자 문제로 인한 불편을 덜어 보려는 실용적
인 목적에서 시작했던 이 일은 뜻밖에도 할아버지가 과거
에 무슨 일을 하셨는지 더 잘 알게 되고 21세기 세계시민
으로서 내가 어떻게 살아야 할지를 숙고하게 되는 계기가
되었다.

　그때까지만 해도 1887년 11월에 나셔서 내가 태어나기
10년도 더 전인 1939년 12월, 53세의 연세로 작고하신 임
정구 목사에 대해서 나는 전혀 아는 바가 없었다. 유일하
게 들은 얘기는 할아버지가 캘리포니아 주 오클랜드의 한
인연합감리교회에서 20년 넘게 목사로 재임하셨다는 사
실뿐이었다. 한성대학교의 조규태 교수를 만나기 전까지
나는 할아버지가 일제강점기에 얼마나 적극적으로 한국
의 독립을 지원하셨는지 모르고 있었다. 조 교수는 2014년
으로 100주년을 맞는 이 교회에 대한 사전조사를 벌이다
가 할아버지가 과거 흥사단(도산 안창호가 미국 샌프란시스

코에 창립한 민족운동단체)과 함께 종교·정치적 활동을 벌이셨다는 사실을 알게 되었다. 이런 조 교수의 발견이 할아버지에게 건국훈장(애국장)이 추서되는 데 결정적인 역할을 했다.

하지만 할아버지가 어디에 매장되셨느냐고 조 교수가 물었을 때도 나는 답을 해줄 수가 없었다. 다행히 늦게나마 어머니의 오래된 서류철을 뒤지다가 오클랜드 마운틴

뷰 묘지에 있는 할아버지의 무덤으로 매년 꽃을 보냈던 꽃집의 영수증 뭉치를 찾아 냈다. 오클랜드에 사는 사촌 게일 내외가 선뜻 나서서 할아버지의 무덤뿐 아니라 할아버지의 어머니인 최성덕 여사의 무덤까지도 찾아 주었다. 증조할머니는 아들과 함께 1905년에 평양을 떠나 SS시베리아호를 타고 미국으로 향했다. 할아버지는 이후 34년간

UC버클리에서 경제학 학사학위를, 퍼시픽신학교에서 석사학위를 따고 돌아가시는 날까지 종교적·정치적 활동에 헌신하셨다.

제주도에서 집을 짓는 동안 나는 세계시민의식에 대한 생각에 더욱 천착하게 되었다. 이웃 사람들, 시공자, 인부들, 애월 공동체와 우리가 존중과 신의, 서로 간의 관용을 바탕으로 한 관계를 형성하지 못했다면 아마 우리는 이 어촌 마을에 정착할 수가 없었을 것이다.

그러나 이러한 가치들은 공사에 들어가기 전부터 이미 내 안에 스며 있었다. 미국으로 이주하신 할아버지 때부터 일찌감치 세계시민의식은 태동하기 시작했던 것이다. 할아버지는 미국에서 고등교육을 받고 할머니를 만나 캘리포니아에서 가정을 꾸리셨다. 한 나라에서 살면서 다른 나라를 지지하는 것에 아무런 거리낌 없이 할아버지는 늘 한국의 독립을 염원하셨다.

이중국적과 세계시민의식은 내게 이 둘에 대한 적절한 구분과 양자 간의 관계를 돌아보도록 만들었다. 이중국적은 해당되는 두 국가에 대한 사회적·법적 책임을 요한다. 반면 21세기 세계시민의식은 보다 넓은 맥락에서 도덕관을 정립하도록 요구한다. 세계시민의식은 시공간을 초월

하는 철학적 사고방식이다. 어디에서 살고 어디를 여행하든 좀 불편하거나 두렵더라도 남들과 서로 겸허하게 얼굴을 맞대고 접촉할 때 공동체 정신은 싹튼다. 이러한 만남이야말로 오늘날 세계평화를 가능하게 하는 가장 간단하고도 진실된 방식이다.

우리 가족이 세계로 뻗어 나가는 모습을 아마 할아버지가 흐뭇하게 지켜보고 계시지 않을까. 더 이상 우리는 단일민족이 아니다. 할아버지 밑으로는 이제 손주 8명, 증손주 14명, 고손주 15명이 있으며 고손주는 지금도 계속 늘어가고 있다. 이들에겐 한국, 중국, 독일, 일본, 유럽 각국, 멕시코, 필리핀 등 많은 나라의 피가 섞여 있다. 우리는 인간에 대한 신뢰로 맺어진 인연의 사슬 중 하나의 고리일 뿐이다.

부적을 선물해주고 여러 가지 문화적 조언을 해준 안혜경 님, 옳다고 여겨지는 것만 쓰라고 격려해준 힌드 바키 님, 할아버지의 업적을 알려준 조규태 님, 함께 식사하며 예술과 언어를 탐구한 김은정 님과 최영순 님, 해녀에 대한 열정을 더해준 달리아 게르슈텐하버 님, 좋은 집터를 구해주고, 시공자를 소개해준 한영숙 님, 추석 때 집에 와서 축원을 해준 강미경 님, 우리 부부가 귀덕에 사는 동안 좋은 친구가 되어준 강신환 님, 실용적이고 심미적인 건축 조언을 준 강경희 님과 이근 님, 애월의 역사를 알려준 김종호 님, 음식 동호회를 통해 함께 좋은 시간을 보낸 김승은 님과 이재은 님, 우리 정원을 예쁘게 꾸며준 김순진 님, 한림수직의 추억을 남겨준 패트릭 맥글린치 신부님, 기품 있고 강인한 성품을 지닌 로자리 맥티브 수녀

님, 2017년 여름 우리집을 잘 관리해준 민경숙 님, 세심하고 끈기 있게 감각적이고 유머러스하게 우리집 공사를 관리감독해준 문정환 님, 지난 여름 이사를 도와주고 잊지 못할 날들을 함께 해준 졸레나 파밀라 님, 무속신앙과 제주 문화에 대한 통찰력을 공유해준 쥐세페 로시타노 님, 작가적 영감을 나눠주고 제주에서 함께 좋은 시간을 보낸 리사 시 님, 집필 후 타이완에서 함께 좋은 휴식을 보낸 두김부 님, 제주도에서 직물의 세계를 안내해준 양순자 님, 바다 안팎에서 좋은 친구이자 동료가 되어준 임광숙 님께 감사 드립니다. 또한 우리의 결혼생활이 즉흥적인 재즈처럼 유려하게 흘러갈 수 있도록 힘써준 내 인생의 동반자 잰, 인생에 당김음을 더해준 아들 데이비드에게 고마움을 전합니다. 그 밖에도 이 건축, 출판 프로젝트에 애정 어린 지원을 아끼지 않은 모든 분들께 감사의 뜻을 전합니다. 고맙습니다.

바람이 위로하고 달빛이 치유하는

나의 제주 돌집

1판1쇄 발행 2019년 10월 30일

지 은 이   브렌다 백 선우
펴 낸 이   김형근
펴 낸 곳   서울셀렉션㈜
편   집   김다니엘
디 자 인   이찬미
마 케 팅   김종현, 황순애, 최문섭

등   록   2003년 1월 28일(제1-3169호)
주   소   서울시 종로구 삼청로 6 (03062)
편 집 부   전화 02-734-9567   팩스 02-734-9562
영 업 부   전화 02-734-9565   팩스 02-734-9563
홈페이지   www.seoulselection.com

ISBN 979-11-89809-17-1 03800